이것이 법이다 171

2023년 11월 17일 초판 1쇄 인쇄
2023년 11월 22일 초판 1쇄 발행

지은이 자카에프
발행인 강준규

기획 이기헌 왕소현 임동관 박경무 강민구 조익현
책임편집 최전경
마케팅지원 이원선

발행처 (주)로크미디어
출판등록 2003년 3월 24일
주소 서울시 마포구 마포대로 45 일진빌딩 6층
Tel (02)3273-5135 Fax (02)3273-5134
홈페이지 rokmedia.com E-mail rokmedia@empas.com

© 자카에프, 2015

값 9,000원

ISBN 979-11-408-1346-9 (171권)
ISBN 979-11-255-9575-5 04810 (세트)

이것이 법이다

171

자카예프 장편소설

ROK
MEDIA
로크미디어

이 소설은 픽션입니다.
등장하는 인물 및 지명 등은 현실과 연관이 없습니다.
또한 소설 내에 나오는 법이나 법리 해석의 경우에도 대
중문학의 극적 전개를 위하여 일부분 과장되거나 변형된
것이 존재하니 실제 법과 혼동하지 않으시길 바랍니다.

CONTENTS

매년 중국인 실종자가 얼마나 될까?

그건 알 수가 없다.

정확하게는, 알려고 하는 사람이 아무도 없었다.

사실 한국에서 중국인들을 계속 추적하는 건 불가능하다. 인권 문제가 있으니까.

물론 외국인들에게 주민번호처럼 번호를 주기는 하지만 그건 추적보다는 생활을 위한 거다. 한국은 주민번호를 기반으로 생활환경이 구성되어 있다 보니 그런 번호가 없으면 아예 생활 자체가 불가능한 경우가 많기 때문이다.

계좌도 못 만들고 어디에 회원 가입도 못 한다.

당연히 누군가가 어느 날 사라졌다고 해도 굳이 행선지를 확인하거나 추적을 위해 팀을 꾸린다거나 하는 일은 없다.

그랬기에 주호원은 노형진의 말에 따라 여기저기 수소문을 하다가 큰 충격을 받은 듯했다.

어찌나 충격이 컸는지, 노형진의 사무실에 온 후에도 내내 반쯤 혼이 나가 있었다.

"충격이 크신 모양이군요."

"몰랐습니다. 보통 이런 정보는 공유를 잘 안 해서……."

인권 단체들은 저마다의 보호하에 있는 사람이 누군지, 그리고 어디에 있는지, 상황이 어떤지에 대해 공유하지 않는다.

공유할 이유도 없고 왜 공유해야 하는지도 몰랐으니까.

그랬기에 이번에 제대로 상황을 조사해 보니 그 결과는 충격적이었다.

"많은 사람들이 실종되었습니다."

공통점은 반중국 반공산당 정서를 가진, 중국으로 치면 사상범에 포함되는 사람들이라는 것.

일반인이나 잡범은 별문제 없이 잘 생활하고 있지만 그런 사상범들, 아니 공산당에 저항하던 중국인들은 상당수가 어느 순간 중국으로 귀국하거나 실종된 상태였던 것.

"그러면 다른 사람들은 어떻습니까?"

"다른 사람들요? 누구요?"

"주호원 씨는 리티엔 씨를 우연히 만난 거라고 했죠?"

"네."

중국인 인권 단체를 운영하면서 우연하게 만나 도움을 주게 된 게 바로 리티엔이라고 했다.

"그러면 혹시 주변에 중국의 인권 운동에 관심이 많은 분이 계십니까?"

"네?"

"그러니까 아예 그쪽으로 방향을 잡은 분이 계시느냐 이겁니다."

인권 단체라고 다 똑같은 것은 아니다.

어떤 조직은 수형자 인권을 부르짖고, 어떤 조직은 외국인 노동자 인권을 부르짖는다.

외국인 노동자 인권을 보호하는 단체들도 합법적인 외국인 노동자의 인권을 보호하려는 곳과 불법체류 노동자의 인권을 보호하려는 곳 등으로 또 갈라지기도 한다.

"당연히 중국계도 마찬가지죠."

어떤 단체의 인권 운동 대상은 중국인 노동자들이고, 또 다른 단체의 보호 대상은 사실상 망명해 온 중국의 정치적 피해자들이다.

"주호원 씨는 원래 노동자들을 위한 인권 운동을 전문적으로 하셨다고 들었습니다. 혹시 정치적 피해자들을 대상으로 한 곳은 없습니까?"

"네? 아, 있습니다. 아니, 있었다고 해야겠네요. 화재로 인해 다 사라졌거든요. 그때 숙직하던 거기 운영자도 그 화재로 사망을⋯⋯."

말을 하던 주호원은 말끝을 흐리더니 이를 악물었다.

그 당시 경찰에서는 난방기에서 불이 났다고 했다.

"그분이 화재로 죽었다고요?"

"네⋯⋯ 그랬습니다."

숙직을 하다가 잠든 사이에 화재가 나서 탈출도 못하고 불타 죽었다는 것.

정부에서 지원을 받는 단체가 아니었기에 오래된 건물을 사무실로 쓰고 있었던지라 스프링클러도 없어 화재에 취약했다는 것이다.

"잠들었다 이거죠."

"설마⋯⋯."

"모를 일이죠."

잠든 건지 아니면 잠들도록 만든 건지는 누구도 알 수 없는 일.

하지만 중국 정부가 한국에서 하는 수많은 스파이 짓과 선을 넘는 행동으로 미루어 봐서는 절대로 무시할 수 없는 일이기는 하다.

"이건 말도 안 됩니다. 설마⋯⋯ 설마⋯⋯."

"글쎄요. 설마가 사람 잡는 법이죠."

생각해 보면 중국이 스파이 짓을 한 건 한두 번도 아닐뿐더러 한국뿐만 아니라 미국이나 유럽에서도 같은 짓을 했었다.

'그랬으니까 내가 쉽게 기억해 냈지.'

심지어 중국은 한국을 독립국가라기보다는 하나의 속국으로 생각하는 경향이 있고, 실제로도 그렇게 대우하려 한다.

"아무래도 중국에서 스파이 조직을 별도로 운영하는 것 같군요. 아니, 이 경우는 불법 경찰이라고 봐야 할까요?"

노형진은 심각한 생각에 빠졌다.

'혹시나 했는데 말이지.'

사실 중국 정부는 세계 각국에서 비밀경찰을 운영한 게 드러나자 철저하게 발뺌했다.

그런 놈들이 과연 자국에 적대적인 외국인을 가만둘까?

물론 유명인이라면 가만둘 수밖에 없을 거다.

하지만 유명하지 않다면, 그럼에도 불구하고 위협적이라면 높은 확률로 손을 쓰려고 할 거다.

"아무래도 그 사건도 파고들어야겠네요."

조금씩 그림이 그려지는 상항.

그때 밖으로 나갔던 무태식이 문을 열면서 안으로 들어왔다.

"노 변호사님, 방금 건물주랑 통화하고 왔는데요."

"뭐라던가요? 그들에 대해 아는 게 있답니까?"

"그 건물, 내놓은 지 한 1년쯤 되었다는데요."

"네?"

그 말에 노형진은 고개를 갸웃할 수밖에 없었다.

"내가 살아야지."

노형진은 그 중화제일각이 위치한 건물의 건물주를 만나러 왔다. 그리고 그에게서 생각지도 못한 말을 들었다.

"살아야 한다니요?"

"그 새끼들은 미친놈들이야."

그는 그렇게 말하면서 부러진 팔을 내밀었다.

"이게 왜 이런 줄 아나?"

"사고 나신 겁니까?"

"사고? 이게 사고겠나? 그 미친놈들이 한 게 분명해."

"네?"

"퍽치기를 당했는데, 경찰은 잡을 생각도 없어."

건물주의 말에 따르면 중화제일각은 무려 2년째 건물 월세를 내지 않고 있다는 것.

"그걸 왜 그냥 두셨습니까? 그 정도면 보증금을 상당히 까먹었을 텐데요. 명도 소송이라도 하시죠."

명도 소송이란 건물을 불법적으로 점유하고 있는 사람을 쫓아내기 위한 소송이다.

"했지. 그리고 이게 그 결과고."

아무리 건물주가 성격이 좋아도, 그리고 보증금이 있다고 해도 2년이나 건물 월세를 내지 않는 세입자에게 가만있지는 않을 거다.

"처음에는 다그쳤지. 그런데 협박 전화가 오더군."

월세를 내놔라, 그러지 않을 거면 가게를 빼든가.

하긴, 서울 한복판에 있는 4층짜리 건물이 얼마나 장사가 잘될지를 생각하면 너무 당연한 일이다.

"그랬더니 처음에는 중국에서 전화가 오더군."

"중국에서요?"

"그래, 중국 대사관이래."

그들은 좋게 합의하라고 말했단다.

그래서 왜 중국 대사관이 한국의 월세 문제에 개입하느냐고 물으니, 중국 대사관은 모든 인민의 평안을 위해 활동하는 조직이기 때문이라는 말로 어물쩍 넘어갔다고.

'지랄 났네.'

정말로 그런 곳이었다면 이미 월세를 내지 못하는 수많은 중국인들을 도와야 했을 거다.

"그러다가 나중에는 중국 놈들이 협박 전화를 하더군."

"협박 전화요?"

"그래. 솔직히 그것 때문에 오래 참았어."

단순히 협박 전화만 한 게 아니라 집으로 잘린 고양이 머리가 배송되거나 갑자기 어디선가 쇠구슬이 날아와서 집의 창문이 다 깨지는 일도 있었다고.

"그러다가 참다못해서 결국 명도 소송을 했지."

그리고 며칠 전 길을 가던 중 누군가에게 습격당했다는 것.

경찰은 단순 퍽치기라며 수사를 하지 않고 대충 넘어가려는 눈치였지만 건물주는 퍽치기가 아니라고 생각하고 있었다.

"왜 그렇게 생각하시죠?"

"그 새끼들이 가지고 간 게 성경책이거든."

"네?"

"경찰은 그걸 무슨 가방으로 헷갈렸다고 생각하는 모양이던데, 그게 말이 되나?"

애초에 가방과 성경책은 모양이 완전히 다르다.

물론 고급스러운 성경책은 진짜 가죽처럼 보이는 피혁을 쓰기 때문에 멀리서는 가방처럼 보일 수도 있다.

건물주가 가지고 있던 성경책이 딱 그런 것이었다.

"하지만 그거야 멀리서 볼 때의 이야기지."

집어 드는 순간 가방이 아니라는 걸 알 수 있는데 그냥 가지고 튀었다는 게 말이 안 된다는 것.

"흠⋯⋯."

"거기다 내 지갑 달라는 소리도 안 했단 말이지. 핸드폰이나 시계도 안 빼앗아 가고."

"확실히 일반적인 퍽치기랑은 좀 다르네요."

퍽치기는 사람을 기습해서 쓰러트리고 돈이 될 만한 것을 털어 가는 범죄다.

당연히 가방뿐 아니라 지갑도 털어 가야 한다.

"경찰은 뭐랍니까?"

"도망가느라 급해서 놓고 간 거 아니냐고 하더라고."

"추적은요?"

"힘들 거래."

범인은 둘. 그런데 오토바이도 훔친 거고 둘 다 헬멧을 쓰고 있어서 특정이 불가능하다는 것.

"난 이렇게는 못 살아."

돈도 받지 못하고 언제 죽을지도 모르는 상황에서 어떻게 산단 말인가?

더구나 경찰은 증거가 없다고 범인을 못 잡는단다.

'하긴, 애초에 중국 조직이 범인이라면 잡아 봤자 무슨 의미가 있겠어.'

한 명을 잡으면 두 명이, 두 명을 잡으면 네 명이 죽이려고 달려드는 게 중국식 보복이니까.

"그래서 내놨네, 치가 떨려서."

자신만 죽으면 그만일까? 그것도 아니다. 자식이 물려받으면 그 자식도 뼛속까지 다 뜯길 거다.

상속세도 내야 하는데, 거기다가 월세도 못 받고 매년 엄청난 세금까지.

그러다가 돈 달라고 하면 분명히 자식도 죽이려고 할 거다.

"그렇군요."

노형진은 이해가 간다는 듯 고개를 끄덕거렸다. 그러다 문득 좋은 생각을 떠올렸다.

"그 건물, 제가 사도록 하죠."

"뭐?"

"상황이 상황이니만큼 딱히 비싸게 내놓지는 않으셨을 것 같은데요."

"나야 사 주면 고맙지만……."

지금 자신이 당한 상황을 알면서도 사 준다는 말에 집주인은 깜짝 놀랐다.

"하하하, 걱정하지 마세요. 그놈들은 제게 손도 대지 못할 테니까요."

노형진은 유명하고 힘이 있는 사람이다. 어설프게 건드렸다가는 중국 경제가 박살 날 수도 있다.

실제로 이미 중국 경제는 무척이나 흔들리는 상황이니 조금만 더 흔들어도 치명타가 들어갈 수밖에 없다.

"그래서 그 건물이 정확히 얼마라고요?"

⚖️

"명도 소송을 해도 안 나갈 텐데요?"

노형진이 건물을 사는 건 얼마 걸리지 않았다.

돈이 없는 것도 아니었고 건물 명의를 바꾸는 게 며칠씩 걸리는 일도 아니었으니까.

하지만 중화제일각을 내보내는 건 전혀 다른 문제였다.

"노 변호사님에게 협박을 하거나 폭행을 하지는 못하겠지만 그래도 제 발로 나가지는 않을 겁니다."

명도 소송을 해도 족히 2~3년은 걸릴 거다.

"알고 있습니다. 그래서 제가 산 거고요."

"네?"

"사람들은 말입니다, 이런 경우 명도 소송을 하는 게 최선이라고 생각하죠."

노형진은 어깨를 으쓱하며 말했다.

"그런데 그들이 잘 모르는 게 있어요."

"뭔데요?"

"건물 주차장도 결국 제 소유라는 거죠."

"네?"

"건물을 임차할 때, 주차장 문제는 보통 어떻게 합니까?"

"그거야…… 어, 보통 딱히 언급 없죠?"

집합건물, 즉 대형 상가 등에서 임차를 하는 경우에는 주차장은 공동관리 대상이 된다.

하지만 개인 건물의 경우에는 그 건물을 사용하는 사람이 사용권을 가지는 게 일반적이다.

"상대방을 끌어내는 건 사실 힘든 문제입니다."

설사 건물이 자기 소유이고 타인에게 불법적으로 점유당하고 있다고 해도, 법은 그 사람을 강제로 끌어내는 것을 허락하지 않는다.

그 대신에 명도 소송 후에 강제집행을 하도록 하고 있다.

"그런데 주차장에는 아무것도 없죠."

당연히 끌어낼 것도 없고 또 그들이 독점적 사용권을 요구할 수도 없다.

왜냐하면 이미 장기간 월세를 내지 않고 건물을 불법적으로 점유하고 있는 상황이니까.

"하지만 건물의 주차장을 용도 변경해서 쓰는 건 불법입니다만?"

"물론 그렇죠. 하지만 저는 용도를 변경하지 않을 겁니다."

노형진은 어깨를 으쓱하며 말했다.

"주차장이니까 주차를 해야지요. 물론 그들에게는 반갑지 않은 차량일 테지만."

⚖

시지린은 비밀경찰서의 관리자이자 공산당원이자 동시에 중화제일각의 대표다.

그런 그에게 생각지도 못한 일이 발생한 건 중화제일각 건물의 주인이 바뀐 후였다.

"뭐라고? 경찰하고 국정원?"

"네. 자기들 신분을 감출 생각도 아예 없어 보입니다."

경찰과 국정원, 심지어 기자들까지 주차장을 점거하고 그곳에서 자신들을 감시하기 시작하자 시지린은 똥줄이 바짝바짝 타는 느낌이었다.

"이런 씨팔. 그 새끼를 조졌어야 했는데."

전 주인에게 돈을 주지 않기 위해 겁주려고 습격한 것까지는 좋았는데 설마 노형진이 끼어들 줄은 몰랐다.

이런 비싼 건물은 내놔 봐야 쉽게 팔리지도 않는 데다가 코델09바이러스의 여파로 거래 자체가 상당히 위축된 상황이었으니까.

"승냥이 피하려다가 호랑이를 만난 꼴이군."

"이럴 줄 알았으면 그냥 돈 줄 걸 그랬습니다."

"그 입 닥치라!"

사실 중국 정부에서 은밀하게 돈을 주기는 했다. 그래서 이렇게 커다란 곳을 상당히 오랜 기간 운영할 수가 있었던 것.

하지만 생각해 보니 그건 죄다 빵즈 놈들만 좋은 일 시켜 주는 꼴이라 아깝다는 생각이 들었다.

그래서 슬금슬금 빼돌리기 시작했는데, 그러면서 약간의 뇌물을 바친 덕에 당에서도 그냥 모른 척해 줬다.

"망할 놈."

그런데 주인이 노형진이 되면서 상황이 바뀌었다.

자신이 건드리기에는 너무 위험한 놈이었다.

물론 건드릴 수야 있겠지만 그때는 공산당에서 자신을 처분할 거다.

"어쩔 수 없다. 가게를 빼야지."

"네? 하지만 사장님, 그러면 영업은 어디서 해야 합니까?"

"영업? 뭔 개소리야? 뭐, 여기서는 영업했어? 그리고 주차장에 있는 새끼들이 누군데? 경찰이야 그렇다 쳐도 국정원 놈들도 있다면서!"

아직 내부 감시 조직이 만들어지지 않았기에 국정원은 자신의 존재감을 어필하려고 노력 중이었다.

그랬기에 전처럼 대충 넘어갈 리가 없다.

전이라면 대충 윗선에 돈 좀 쥐여 주고 덮어 달라고 할 수 있었겠지만 이제는 그럴 수도 없는 상황.

"여기서 계속 영업할 수 있겠어?"

할 수가 없다.

저들이 여기에 짜장면 먹으러 온 건 아닐 테니까.

당연히 노형진이 제보했을 테고, 그들의 목적은 자신들의 감시일 거다.

"도대체 어디서 샌 거야?"

얼마 전까지만 해도 누구도 이 짓거리를 하는 걸 모르고 있었다.

심지어 CIA조차도 모르게 은밀하게 처리하던 상황이었는데 노형진은 도대체 어떻게 냄새를 맡았단 말인가?

'이러다 걸리면 큰일인데.'

그나마 다행인 것은 아직 그들이 직접적으로 조사에 들어가지는 않았다는 것.

조사에 들어갔다면 최소한 증거를 확보했다는 뜻이 되니까.

'걸리면 난 끝이야.'

단순히 가게를 잃어버리는 정도의 문제가 아니다.

전 세계 대부분의 나라에서 운영하고 있는 비밀경찰, 그 존재가 자신의 실수로 새어 나간다는 걸 의미하고, 그 말은 자신의 숙청을 뜻한다.

단순한 실직을 의미하는 게 아니다.

미국에 말실수를 한 주미 중국 대사는 중국으로 소환당한 후 비석에 페인트칠하는 일로 먹고살고 있다.

그가 다른 일을 고르지 않는 이유는, 그랬다가는 진짜 죽기 때문이다.

당에서 지정한 일이 그거니까 그걸 할 수밖에 없다.

외부에 신분이 드러난 주미 대사조차 그런데 하물며 자신처럼 은밀하게 일하는 사람들은 중국 공산당의 눈 밖에 나면 말 그대로 처분당한다.

그렇기에 그들 입장에서는 절대로 최소한 자신들로부터 이 문제가 터져 나가서는 안 되었다.

"가게 뺄 준비해."

"네? 하지만 당에서는…….""

"뭐든지 핑계를 대! 건물을 리모델링해야 해서 나간다고 둘러대든지 말이야."

자신들에게 국정원이 붙었다는 걸 알릴 수는 없기에 그는
똥줄이 탔다.

"알겠습니다. 그러면 집기 같은 건 어디로 빼야 할까요?"

"끙."

갑자기 나간다고 하면 자연히 문제 되는 게 그거다.

물론 대부분의 물건은 버리면 그만이기는 하지만, 그렇다
고 해서 다 버릴 수는 없다.

"일단은 창고에 가져다 두고 움직여야지. 먼저 국정원 놈
들을 몰아내고 나면…… 말이지."

시지린은 이를 빠드득 갈면서 중얼거렸다.

⚖

"노 변호사 말이 맞군요. 국정원이 붙자마자 바로 빼다니.
이로써 확정적인 거군요."

만일 저들이 중국 정부와 아무런 관련도 없는 사람들이라
면 노형진에게 접근해서 항의를 하든가 아니면 불법적으로
지하를 점거하는 경찰이나 국정원에 항의를 했을 거다.

하지만 경찰과 국정원이 오자마자 바로 이사하겠다는 의
사를 밝혀 왔다는 점에서 켕기는 게 너무나 많다고밖에 해석
할 수 없었다.

"잘 찾아보면 미국에도 분명히 있을 겁니다."

스미스 요원의 얼굴이 심각해졌다.

그도 그럴 게 자국 내에서도 이럴 거라는 걸 부정할 수가 없으니까.

물론 중국이 한국을 만만하게 보는 건 사실이지만 저런 후안무치한 짓을 한국에만 하는 나라는 또 아니니까.

"FBI 놈들은 뭘 하는 건지 모르겠군요."

미국은 해외는 CIA가, 국내는 FBI가 담당하는 게 기본적인 룰이다. 그런데 전혀 모르고 있다니.

"식당으로 운영하고 있을 테니까 잘 알아보세요."

"그러지요. 그렇잖아도 중국 놈들 때문에 머리 아파 죽겠는데."

중국과 미국의 대립이 원역사에서보다 더 빠르게 그리고 더 격화된 상황에서, 한국은 대중국 정보전의 최전선이나 마찬가지.

그랬기에 사실 스미스 요원의 업무도 한국보다는 대중국 정보전이 더 많은 게 현실이었다.

"알겠습니다. 그런데 부탁할 게 뭡니까?"

"저들은 이곳을 떠날 겁니다."

짐을 옮기고 있으니 당연히 떠날 거다.

"그곳이 다른 본거지라고 생각하십니까?"

"물론 아닐 겁니다."

이미 국정원이 붙어서 감시하고 있는데 그 짐을 본거지로 옮기는 멍청한 짓을 하지는 않을 거다.

　　"더군다나 리티엔 씨나 다른 사람들이 잡혀 있다면 절대로 거기로는 안 가겠죠. 우리가 추적할 걸 아니까."

　　실제로 국정원은 짐을 옮기는 차량을 추적하기 위해 만반의 준비를 하고 있는 상황이다.

　　"그러니까 다른 곳으로 옮길 겁니다."

　　"그러면 우리 CIA가 할 일은 없을 텐데요?"

　　"정반대죠."

　　노형진은 목소리를 낮추면서 짐을 옮기는 곳을 바라보았다.

　　"국정원은 사실 미끼입니다."

　　"뭐라고요?"

　　"조용한 곳으로 가시죠."

　　노형진은 스미스를 자신의 차량으로 데려갔다.

　　그리고 밖에서 짐을 옮기는 모습을 지켜보면서 나지막하게 말했다.

　　"국정원을 대대적으로 보이게 한 건 놈들의 관심을 국정원으로 돌리기 위해서입니다. 여기는 한국이니까요."

　　국정원의 감시와 압박에 다급하게 가게 문을 닫은 상황에서 그들이 할 수 있는 건 별로 없다.

　　"그러니까 그들은 국정원을 신경 쓸 겁니다. 그러면서 자연히 CIA에는 신경을 덜 쓰게 될 겁니다."

"확실히 그렇겠죠."

CIA가 해외 정보전을 담당하고는 있지만 한국에서는 아무래도 국정원이 CIA보다 우선해서 조심할 대상이다.

"추적 장치 있죠? 그걸로 추적합시다."

"뭘 말입니까? 설마 사람을 추적하자는 겁니까? 의미가 없을 텐데요."

사람도 다른 곳에 가서 먹고 자면 그만이니까.

설마 사람을 추적하지는 않을 거라는 멍청한 생각을 저들이 할 리가 없다.

"오토바이요."

"뭐라고요?"

"배달 오토바이 말입니다. 예상대로더군요."

그들이 짐을 쌓아 두기 위해 빌린 곳은 빈 공장이나 다른 가게가 아닌, 짐을 대신 맡아 주는 일종의 컨테이너 창고였다.

"저런 오토바이는 그런 컨테이너에 들어가지 못하죠."

물론 넣으려고 하면 넣을 수는 있지만 말이다.

"원래 저들이 운영하던 가게는 맛도 더럽게 없고 장사도 더럽게 안되던 곳입니다."

"그런데요?"

"그런데 배달 오토바이는 많더군요. 그걸 왜 쓰겠습니까?"

"이동용이군요."

스미스는 정보 요원답게 눈치가 빨랐다.

사실 정보 업계에서 오토바이는 상당히 잘 쓰이는 물건이다.

영화나 드라마에서는 차량을 많이 쓰지만, 실제로는 어디까지나 방어적 작전 또는 공개적 작전에서만 쓴다.

하지만 오토바이는 비밀 작전에서 많이 쓴다.

싸고, 사기도 쉽고, 중고를 현금으로 사면 추적도 불가능하니까.

거기다 속도도 빠르고 작아서 골목으로 도주하면 일반적으로 차량으로 추적하는 상대방 요원이나 그 지역의 경찰이 추적을 못 하는 경우가 대부분이다.

여차하면 그냥 열쇠만 걸어 두고 길바닥에 던져두면 도둑들이 알아서 몰고 다니면서 수사에 혼선을 주기 때문에, 오토바이는 스파이 업계에서 상당히 각광받는 이동 수단이었다.

"더군다나 차량은 추적이 쉽지만 저런 오토바이는 아니죠."

물론 오토바이에도 번호판이 붙어 있기는 하다.

하지만 그걸 떼는 건 어려운 일이 아니다.

실제로 길거리에서 번호판이 없는 차량이 보이면 신고하는 사람들이 많지만 번호판이 없는 오토바이를 신고하는 사람은 그다지 없다.

왜냐하면 오토바이를 번호판 없이 끌고 다니는 놈들이 너무 많은 나머지 그게 일상이 되어 버렸기 때문이다.

"그러니 그놈들이 어디로 가든 아지트로 한 번은 가겠지요."

훈련받은 요원들이 호텔에서 탱자탱자 놀지는 않을 거다.

아마 교대를 위해서라도 어디론가 가기는 할 거다.

"그곳을 추적하면 된다 이거군요."

"맞습니다."

물론 처음에는 조심하면서 가지 않을 거다.

하지만 국정원 요원의 시선에서 벗어났다고 판단된 때라면?

"장비 있지요?"

CIA 요원이 과연 장비가 없을까? 그럴 리가 없다.

"지금이 기회입니다."

죄다 짐을 옮기느라고 정신이 없는 중화제일각 직원들.

다른 사람도 쓰지 않고 자기들끼리 옮기는 상황.

'혹사나 국정원 요원이나 다른 사람들이 일꾼으로 들어올까 두려울 테니까.'

그러니 그들은 자기들끼리 짐을 옮기는 수밖에 없다.

그리고 그 덕분에 오토바이에 대해서는 신경을 완전히 끄고 있는 상황이었다.

더군다나 오토바이는 주차장 한복판, 국정원과 경찰 차량 사이에 있으니 그들과 부딪치는 게 껄끄러워서라도 당장 찾으러 오지는 않을 거다.

"전이라면 CCTV로 감시했을지도 모르지만 지금은 아니죠."

그들도 정보 요원인 만큼 만일에 대비해서 오토바이 같은 걸 CCTV로 자주 확인했을 가능성이 크다.

하지만 CCTV는 이사를 이유로 그제 끊어진 걸 확인한 상황.

"오토바이를 폐기할 거라 생각하지는 않으시나 봅니다."

"미국이라면 그러겠죠."

미국은 철저한 나라다. 당연히 꼬투리를 잡힐 가능성이 있는 모든 물건은 철저하게 폐기할 거다.

"그리고 저라도, 아니 조금이라도 생각이 있는 정보 조직이라면 폐기할 거고요. 하지만 저들은 그렇게 하지 않을 겁니다."

"어째서요?"

'진짜 정보 조직이 아니거든.'

노형진의 기억에 따르면 그들은 정보 조직이 아니라 실제 공안 경찰들이다.

쉽게 말해서, 중국 공안국에서 만들어 굴리던 비인가 조직인 것이다.

'그러니 첩보전에 대해 제대로 모르지.'

하지만 그렇게 말할 수는 없는 노릇.

"저들은 전문 정보 조직이 아닌 것 같더군요. 제가 말씀드리지 않았던가요? 음식이 못 먹을 수준이라고."

"아니요."

"진짜로 못 먹을 음식입니다. 더군다나 저들은 2년간 월세를 한 푼도 내지 않았죠. 정상적인 조직이라면 그렇게 하겠습니까?"

"하긴, 그건 그렇군요."

스미스 요원은 고개를 끄덕거렸다.

정상적인 첩보 조직이라면 당연히 어떻게 해서든 자신들을 일반인으로 감추려고 노력할 거다.

실제로 은밀하게 운영하는 수많은 조직들이 멀쩡하게 기업을 운영하고 일반인을 고용해서 업무를 진행한다.

월세를 안 낸다? 그런 일은 있을 수 없다. 경찰이 끼어들 수 있으니까.

"중국 정부에서 돈을 주지 않았을 리는 없으니, 중간에서 횡령했다고 봐야겠지요."

"전문가는 아니다 이거군요."

"맞습니다. 그런데 주는 월세도 빼돌리는 놈들이 이동 수단인 오토바이를 폐기하겠습니까?"

그렇게 되면 자신들의 돈으로 새로운 오토바이를 사야 하는데?

그럴 리가 없다.

"치밀하시군요."

"원래 이런 건 치밀해야 잡는 법입니다."

노형진은 창밖으로 짐을 옮기느라 정신없는 무리를 바라보며 말했다.

"그리고 기회는 한 번뿐이니까요."

노형진은 그 기회를 놓칠 생각이 없었다.

노형진의 예상대로 그들은 오토바이를 각자의 이동 수단으로 쓰고 있었다.

"예상에서 한 치를 못 벗어나네."

"오토바이의 장점을 알고 있는 놈들이니까요."

스미스 요원은 오토바이에 은밀하게 추적 장치를 붙였다.

그러자 오토바이들이 점점 한 곳을 향해 움직이는 게 보였다.

"평택이라……."

그곳의 외곽에 위치한 제법 커다란 집.

그 집을 거의 모든 오토바이들이 한 번씩 들렀다.

"자기들이 추적당하고 있다는 걸 모르는 모양이군요."

"그렇겠죠."

물론 그놈들도 나름 머리를 쓰고 있기는 하다.

차가 절대로 따라올 수 없는 골목길이라든가 상급 정체 구역이라든가 하는 지역으로 돌아다니면서 나름대로 추적을 떨구기는 했다.

하지만 아무리 뒤에 따라다니는 놈들을 떨군다고 해도 위성에서 내려다보고 있는 걸 피할 수는 없다.

'어차피 제대로 된 요원이 아니니까 당연한 거지.'

정보 요원이라지만, 저들은 진짜 중국 정부에서 심혈을 기울여 키운 정보 요원이 아니라 중국의 경찰 당국에서 키운 요원이다.

그렇다 보니 전문 요원에 비해 감시에 대한 저항이나 능력이 떨어졌다.

하기야 그게 당연한 거다.

경찰 당국이 하는 건 해외 공작이 아니라 자국민 출신 사상범을 체포하거나 처분하는 것뿐이니, 굳이 그런 위성에 의한 감시 같은 걸 교육할 필요가 없다.

"인천이 아니라 평택이라니, 의외군요."

"인천은 너무 크니까요."

중국인이 많기에 숨을 곳도 많기는 하지만 동시에 사람이 너무 많아서 저런 집단이 돌아다니면 눈에 튀어 보일 수밖에 없다.

더군다나 사람을 가두어 두기에는, 완전 도심화가 되어 버린 인천은 좋은 곳이 아니다.

하지만 평택 외곽은 아직 빈 곳도 제법 있고 사람이 잘 다니지 않는 곳도 많다.

"거기다 밀입국하기도 쉬우니까요."

인천과 다르게 평택은 작은 포구가 아예 없지는 않아서 여차하면 그런 곳을 통해 중국으로 강제로 끌고 가는 것도 가능한 상황.

"그러니 그곳에 있겠지요."

"요원은 준비가 된 겁니까?"

"충분히요."

국정원도 바보는 아닌지라 노형진의 말에 의심하고 추적하기 시작했는데, 노형진의 말대로 수많은 사람들이 실종되거나 다급하게 귀국한 것을 확인할 수 있었다.

아무리 중국에서 추적 대상이라고 해도 여기는 한국.

다른 나라에서 비밀경찰을 운영하는 것은 외교적으로 결례를 넘어서 선전포고급의 행동이기에 국정원도 가만히 있을 수가 없었고, 특히 외교부는 소문을 듣고는 속이 부글부글 끓는 것을 참고 있었다.

"미국은 어떻습니까?"

"의심스러운 곳이 있기는 합니다. 여기부터 시작해서 그쪽도 털어 봐야지요."

노형진의 말에 스미스 요원은 오토바이들이 모여들고 있는 곳을 보며 당연하다는 듯 말했다.

"그러면 이곳으로 가시죠."

이제 남은 건 그곳에 리티엔이 있기를 바라는 것이었다.

⚖️

평택에 있는 오래된 집.

그곳에는 평소와 다르게 사람들이 제법 많았다.

오늘 모여든 사람들은 짜증 나는 표정으로 투덜거렸다.

"언제까지 데리고 있어야 하는 건데?"

"국정원에서 냄새를 맡았으니 당분간은 몸 사리는 게 좋아."

"하지만 그렇다고 계속 있을 수는 없잖아. 그냥 죽여서 묻어 버리는 게 어때?"

"그러면 편한데 말이지."

배신자들을 잡아들이는 건 어렵지 않았다.

자식 놈의 모가지에 칼 대면서 안 오면 죽여 버린다는데 오지 않을 놈은 없다.

신고? 한국 정부에 신고해 봐야 자식은 중국에 있다.

그러니 신고로 구할 수는 없다.

그것까지는 좋았는데.

"망할."

중국 정부에서는 본을 보여야 한다면서 배신자를 굳이 중국으로 송환하기를 요구했다.

그냥 편하게 죽여 버리면 좋겠지만 이미 대중, 그것도 전 세계를 대상으로 면상을 들이민 상황인지라 그러면 의심받으니까.

그러니 가장 좋은 방법은 중국에 끌고 가서 다른 죄를 뒤집어씌워 그의 진실성을 없애 버린 뒤에 죽여 버리는 것이었다.

"중국집도 망하고, 할 것도 없고."

그 말에 경비를 서던 동료가 피식 웃으면서 담배를 꺼내어 내밀었다.

"그래도 한 가지는 다행이지."

"뭐가?"

"그딴 음식 쓰레기 안 먹어도 된다는 거."

"어. 하긴, 그건 또 그러네. 먹는 게 곤혹스러웠지."

그나마 처음에는 멀쩡한 음식을 팔았다.

하지만 어차피 장사가 되든 안되든 상관없는 데다가, 처음에는 조금씩 해 처먹던 시지린이 나중에는 아주 대놓고 해 처먹는 바람에 음식은 맛대가리가 없어졌고, 그나마도 만들어 둔 음식 쓰레기 같은 걸 자신들에게 떠넘기기까지 했다.

자신들의 식비 역시 횡령의 대상이니까.

"난 말이야, 진짜 그것만으로도 행복하다."

"나도."

그 둘은 키득거리면서 웃었다.

"최소한 사람답게 먹을 수 있다는 점이 진짜 마음에 드…… 누구냐!"

하지만 그들의 대화는 오래가지 못했다.

자신의 앞으로 몰려드는 수많은 차량과 경찰을 발견했기 때문이다.

"어어어?"

"경찰이다! 손들어!"

"어…… 어쩌지?"

그들은 당혹감을 감출 수가 없었다.

이런 경우는 미리 훈련받지 않았으니까.

저항을 하자니, 저들은 경찰이고 대한민국의 공권력이다.

그런 그들에게 자신들이 저항하는 건 말도 안 되는 소리였다.

자신들도 중국의 공안이기에 그게 얼마나 멍청한 짓인지 정도는 알고 있으니까.

그렇다고 그들의 말에 순순히 따르자니, 자신들의 임무는 이곳을 지키는 것이다.

어느 쪽도 선택할 수 없다는 사실에 허둥거리던 그들은 결국 그냥 포기하고 두 손을 번쩍 들었다.

그들도 몰래 한국에 와 있는 게 얼마나 심각한 문제인지 직감적으로 알고 있는데 거기다 저항까지 하면 일이 커질 테니까.

"항복! 항복!"

어색하지만 확실한 말로 항복을 외치는 두 사람을 몇몇 경찰이 제압하는 사이, 잠긴 문으로 국정원과 다른 경찰들이 미친 듯이 몰려 들어가기 시작했다.

"뭐야?"

"빵즈? 막아!"

"아니…… 저런 걸 어떻게 막아?"

혼란은 계속되었다.

누군가는 앞에서 경비를 서던 두 사람처럼 재빨리 눈치를 보면서 두 손을 번쩍 들었지만, 또 다른 누군가는 멍청한 짓을 하기도 했다.

탕!

"총이다!"

위협한답시고 허공에 총을 쏜 대가는 처참했다.

타타탕!

"크허어억!"

경찰과 다르게 국정원 요원은 이런 상황에서 총을 뽑는 걸 주저하지 않았기에 그는 총알에 난도질되어 쓰러졌다.

그걸 본 다른 놈들은 충격을 받았다.

자신들이 누구던가? 공안이다.

중국에서는 나는 새도 떨어트린다는 공안.

말 한마디에 인민들이 살려 달라고 빌어야 하는 대상이 바로 자신들이다.

원한다면 사람 하나 살인범 만드는 것도 어렵지 않은 존재.

그런데 자신들이 죽는다. 저항도 하지 못하고 죽는다.

그 생각에 그들에게 생겨난 것은 저항감이나 분노가 아니었다. 살아야 한다는 생각뿐이었다.

"쏘지 마세요! 우리는 중국 공안입니다!"

살아야 했기에, 살고 싶었기에 그들은 절대로 하지 말라고 수십 번이나 들었던 경고를 어기게 되었다.

"우리는 중국 공안입니다!"

"쏘지 마세요! 우리는 중국인입니다!"

그들은 다급하게 소리를 질렀고, 그들이 뭐라고 하든 경찰
과 국정원은 그들을 제압하기 시작했다.

"여깁니다."

그리고 그들이 제압된 후에. 노형진은 천천히 안으로 들어
왔다.

경찰은 약간 불편한 얼굴을 하기는 했지만 막지는 않았다.

이들을 소탕할 수 있었던 것은 노형진의 제보가 있었기 때
문이니까.

"누구 있습니까? 경찰입니다!"

안쪽을 향해 소리를 지르며 수색을 시작한 지 얼마 지나지
않아 지하실에서 고함 소리가 들렸다.

"여깁니다!"

"여기요! 살려 주세요!"

경찰은 재빨리 지하실로 가는 문을 부수고 아래로 내려갔
고, 잠시 후 부축을 받으면서 몇 사람이 위로 올라왔다.

그중에는 리티엔도 있었다.

"감사합니다. 감사합니다."

리티엔은 경찰을 붙잡고 눈물을 흘렸고, 그러는 사이에 다
른 사람들도 하나둘 위로 올라왔다.

"살았다! 살았어!"

누군가는 살았다고 눈물을 흘렸고, 누군가는 반쯤 영혼이
나가서 그저 망하니 벽에 기대앉아 있었다.

공통점이라고는 그들 모두 멀쩡한 곳이 하나도 없었다는 거다.

고문을 당한 건지 온몸이 멍으로 가득한 그들은 지쳤다는 듯 아무런 말도 하지 않았다.

"고맙습니다. 꼭 구하러 올 거라고 생각했습니다."

그런데 그중에는 상당히 능숙하게 한국어를 하는 사람도 있었다.

"한국어에 능숙하시군요."

"당연하지요. 전 한국인이니까요."

부풀 대로 부푼 자신의 뺨을 어루만지면서 쓰게 말하는 남자.

"한국인이라고요?"

그 말에 국정원 요원의 눈에 불이 튀었다.

한국 내에서 비밀경찰을 운영한 것도 문제가 되는데 한국인을 납치하다니.

"아니, 도대체 한국인이 왜 여기에 계신 겁니까?"

노형진조차도 상상도 못 한 사태에 깜짝 놀랐다.

"운이 안 좋았죠."

그는 인권 운동가였다.

그런데 자신이 보호하던 사람에게서 갑자기 중국으로 가야 한다는 연락이 와서 뭔가 이상함을 느끼고 그의 집에 찾아갔는데, 그곳에서 그를 강제로 끌고 가려 하던 중국 공안과 마주친 것.

"경찰에 신고한다고 했더니 저를 두들겨 패고 가둬 버리더군요."

노형진은 그 말에 소름이 돋았다.

만일 여기서 자신들이 그를 찾지 않았다면 어떻게 되었을까?

'아마도 죽였겠지.'

나가는 순간 신고할 테고, 그러면 비밀경찰의 존재가 드러나게 될 테니까.

"덕분에 살았습니다. 진짜 죽는 줄 알았거든요."

그는 쓰게 웃으며 말했다.

"그나저나 이게 끝입니까?"

"아마도요. 이렇게 시설까지 준비한 걸로 봐서는 그간 많은 사람들이 납치된 것 같습니다만……."

아니면 조용히 처분되었거나 말이다.

"아쉽군요."

더 일찍 찾지 못했기에 결국은 얼마나 많은 사람이 죽거나 다쳤는지 알 수 없었다.

노형진이 할 수 있는 건 그저 씁쓸한 미소를 짓는 것뿐이었다.

⚖

─중국 정부에서는 이번 사태에 대해 유감을 표명하며 해당 행정

관리 센터는 비밀경찰이 아니라 운전면허 갱신 등 필요한 업무를 지원하기 위한 시설일 뿐이라고……

　노형진은 뉴스를 보면서 혀를 끌끌 찼다.
　한국을 위시로 전 세계에서 그런 조직들이 발각되기 시작했고, 심지어 그중 일부는 현지인을 압박하거나 협박하거나 심지어 살인을 한 거 아니냐는 의심까지 받는 상황.
　그렇잖아도 전 세계가 코델09바이러스로 고통받는 원인이 된 중국이었기에 이번 사태는 그렇잖아도 안 좋은 중국의 입지를 더더욱 코너로 몰게 되었다.
　"이렇게 그냥 끝날까요?"
　"그럼 더 이상 뭐라고 하겠습니까?"
　중국은 언제나처럼 이렇게 모른 척하면서 딱 잡아뗄 거다.
　이쪽에서 뭐라고 하든 그들은 언제나 무시했다.
　무시하면 대부분 지쳐서 나가떨어지니까.
　"이권이란 그런 거죠."
　아직은 중국이 돈이 되기에, 대부분의 나라에서 지금은 잠깐 시끄러워도 오래 떠들지는 못할 거다.
　"결국 바뀌는 건 없다는 거군요."
　"바뀌는 건 있을 겁니다."
　사람들은 중국을 더더욱 믿지 못하게 될 거다.
　그런데 믿음을 잃어버린다는 것. 그건 한 나라에 있어 큰 문제가 된다.

"하늘의 그물은 너무 넓어서, 성기지만 확실하게 잡는다고 하죠."

결국 이 모든 업보가 중국에 돌아갈 거라는 걸 알기에 노형진은 그저 뉴스를 바라볼 뿐이었다.

존재하지 않는 가해자

"저는 진짜 안 죽였다니까요!"

구치소 안 접견실.

그 접견실 안에서 남자는 절규하듯이 외쳤다.

이번 사건의 의뢰인인 남도원이었다.

"저는 진짜로 안 죽였어요. 진짜로요."

"하지만 CCTV에 따르면 현장에서 선생님의 차량이 발견되었습니다."

"그러니까 미치겠다는 겁니다. 물론 제가 그 동네에 살기는 해요. 그렇지만 술을 마시고 사람을 차로 친 적은 없단 말입니다."

노형진에게는 대체로 어려운 사건이 배당된다.

하지만 일정에 다소 여유가 있는 경우, 순번으로 사건이 배당되기도 한다.

그리고 이번 사건은 그렇게 순번으로 배당된 사건이었다.

사실 접수될 때만 해도 아주 어려운 사건으로 보이는 건 아니었다. 하지만 진행될수록 복잡해지고 있었다.

정확하게는, 증거가 너무 명확해서 싸울 방법이 없는 것에 가까웠다.

"하지만 이미 음주 운전 경력이 있으시지 않습니까?"

"네, 그랬죠. 그래서 면허정지 경력도 있고요. 하지만 그게 벌써 8년 전입니다. 그날 이후로 절대로 술 마신 상태로는 운전하지 않습니다."

사건 내용은 간단했다.

술을 마시고 운전하다가 사람을 죽였다. 그리고 그대로 뺑소니.

하지만 현장의 CCTV에 찍혔고, 해당 영상을 근거로 차량의 주소지를 확인한 경찰은 술에 취해 자고 있던 피의자 남도원을 체포하고 구속.

당시 그의 혈중알코올농도는 면허취소 기준인 0.14%였다.

여기까지는 흔하게 있는 일이었다.

물론 일반적으로는 용서받지 못할 일이다.

문제는 남도원이 자신은 운전하지 않았다고 주장한다는 것.

"저는 진짜 술 마시고는 운전 안 합니다. 그리고 8년 전에도 제가 누군가를 친 건 아니지 않습니까?"

분명 그가 8년 전 음주 운전을 한 건 사실이다.

하지만 사고를 낸 것은 아니고 단속에 걸린 것이었다.

"물론 음주 운전이 나쁜 건 잘 압니다. 그래서 저도 그날 이후로 술 마실 때는 아예 차를 안 가지고 나간다고요."

"하지만 그날 CCTV에는 해당 차량이 찍혔습니다."

"그래서 미치겠다는 겁니다. 전 그날 집에만 있었다고요!"

"증명할 방법은요?"

"없죠. 그래서 미치겠다는 거구요."

그날 그는 자신의 원룸에서 술을 마시고 잠들었다고 한다.

아직 결혼도 하지 않았다. 더구나 누군가를 만난 것도 아니라고.

"저는 진짜 아무것도 안 하고 그냥 집에서 술 마시고 잤다고요."

"혹시 몽유병이라거나 그런 게 있습니까?"

"아니요. 그런 건 없어요."

"흠……."

노형진은 턱을 만지작거렸다.

'음주 운전을 안 한 건 확실한데.'

몽유병이 있냐고 물어본 이유는 간단하다.

실제로 몽유병으로 자신도 모르게 운전하는 사례가 있기 때문이다.

"다른 특이한 사항은요?"

"없습니다. 진짜로요. 그냥 화가 나서 술 마시고 잔 것뿐입니다."

"왜 그렇게 술을 혼자 마신 겁니까?"

"하…… 씹…… 헤어졌습니다."

"헤어졌다고요?"

"네, 그년이 바람나서."

"그 일과 관련해서 싸우고 원한을 가지거나 하시진 않았습니까?"

"아니요. 애초에 원한은 개뿔. 그년이 자기 앞가림을 못해서 지랄 난 거라 솔직히 속이 시원합니다. 쌍년."

"원한이 쌓이신 것 같은데 시원하다니요."

"바람피운 대상이 유부남입니다. 심지어 애가 딸린."

그가 여자 친구, 아니 전 여자 친구가 바람피우고 있다는 걸 알게 된 이유가 그 유부남의 아내가 간통으로 여자 친구를 고소해서라고.

"개빡쳐서 헤어지자고 하고 돌아와서 술 마신 겁니다."

"거참, 운이 안 좋군요."

"씨팔. 그래서 뒈지겠습니다. 아니, 전 진짜 아무것도 안 했다고요."

그렇잖아도 여자 친구라 믿었던, 그래서 결혼까지 생각했던 사람이 바람을, 그것도 유부남과 피웠다는 사실에 절망하면서 술 마시다가 자고 있는데 경찰이 음주 운전으로 인한 살인이라며 다짜고짜 자신을 체포해서는 감옥에 가뒀다는 것.

"미치겠다고요. 제가 뭔가에 씐 느낌입니다."

"알겠습니다."

추가적으로 몇 가지 더 물어보기는 했지만 더 이상 나올 게 없었기에 노형진은 고개를 끄덕거렸다.

현실적으로 자다가 끌려 나온 사람에게서 얻을 수 있는 증거는 없었다.

'이 사람이 음주 운전을 안 한 건 확실한데.'

사이코메트리로 그의 기억을 읽었지만 그는 무죄임이 분명했다.

최소한 그가 자의를 가지고 운전하지 않은 건 분명하다.

'하지만 CCTV는 거짓말을 하지 않는단 말이지.'

같은 차종, 같은 색상, 같은 지역, 심지어 그의 집으로 가는 방향까지.

그런데 거기서 사고를 내고 도주했다.

"흠…… 의심스럽기는 한데."

노형진은 턱을 만지작거렸다.

기억도 그렇지만, 의심스러운 건 그것만이 아니었다.

"오빠, 나 왔어."

"그래, 좀 알아봤어?"

노형진이 사무실에 도착해서 서류를 뒤적거리는 사이에

해당 사건에 대해 협조 차원에서 함께하게 된 서세영이 고개를 흔들며 사무실 안으로 들어왔다.

"너무 깨끗해. 차가 사고 난 걸로는 안 보여."

"역시나 그렇단 말이지?"

"응. 물론 차 자체가 너무 지저분하다 보니까 이게 사고 흔적인지 아닌지 확실하게 알 수가 없기는 하지만."

가장 큰 문제는 이거다.

그의 직업이 거친 일을 하는 건설직 노동자, 소위 목수라는 거다.

그가 모는 차량은 그런 목수들이 좋아하는 전형적인 승합차고, 오래되어 여기저기 찌그러질 대로 찌그러진 상태였다.

"그런데 그 찌그러진 흔적이 지금 발생한 건지 아니면 오래전에 발생한 건지 확인하기가 어려워."

"다른 흔적은?"

"그날 비가 왔잖아. 그래서 남은 게 별로 없어. 더군다나 라이트가 깨져 있는데 경찰은 그게 그날 충격으로 인해 깨진 거라고 주장하고."

"그게 문제이긴 하네."

실제로 사고 현장에서 해당 차량의 라이트 부품이 발견되었고, 심지어 부검 기록에서도 길에 들어가는 도중 뒤쪽 라이트로 추정되는 지점에 추돌했다고 되어 있다.

사망자의 몸에서 깨진 라이트의 흔적이 나온 것.

"찌그러진 부분도 제법 있고."

"혈흔은?"

"혈흔은 없어. 그런데 피해자 사인이 내출혈이라…….."

"하긴, 그러면 차량에 피가 묻을 가능성이 낮아지기는 하지."

영화나 드라마에서는 차에 치이는 순간 엄청난 피를 팍 뿌리면서 이리저리 튕겨 나가 사망하지만, 현실에서는 적지 않은 사람들이 겉으로는 드러나지 않는 내출혈을 일으켜 사망한다.

"그래서 검찰에서도 최고 형량을 선고하겠다고 이를 갈고 있고."

"그러겠지. 요즘은 음주 운전에 대한 사람들의 경각심이 대단하니까."

"그러니까 지랄맞은 거지. 아니, 누가 처벌하지 말래? 그런데 똑같이 처벌해야 할 거 아니야."

돈도 없고 백도 없는 사람이 음주 운전하다가 사람을 치면, 알코올 농도에 따라 달라지기는 해도 이번 사건과 같은 경우 1년 이상 2년 이하 징역이 나온다.

최고 형량은 2년 이상 5년 이하 징역이고 말이다.

"그런데 얼마 전에 국회의원 아들내미는 사고 치고도 벌금으로 퉁쳤잖아."

"그건 그래도 사람은 안 죽었잖아."

"그렇다고 해서 이번 사건하고 아주 다르다고 볼 수는 없지."

이번에는 사람이 죽었으니 비교하기는 어렵지만, 그 당시 국회의원 아들의 처벌이 다른 사람에 비해 솜방망이 처벌이라는 것 또한 부정할 수 없는 사실이었다.

"오빠가 보기에는 어때? 그 사람이 사고 친 것 같아?"

"아니, 그런 것 같지는 않아."

"어째서?"

"일단 그 사람의 상황이 안 좋은 건 사실이지만, 또 막 인생 포기하고 살 사람으로는 안 보이거든."

　그날도 현장 근무를 하고 집에 와서 술을 진탕 마시고 취해서 잠들었다고 했고, 다른 사람들의 증언 기록에 따르면 출발할 때까지는 아주 멀쩡했다고 한다.

"그러면 최소한 그가 개인감정으로 업무에 영향을 주지는 않는 사람이라는 거지."

"대단한 사람이네."

"반응 기제는 사람마다 다르니까."

　어떤 사람은 충격으로 인해 멘탈이 나가서 흔들거리고, 또 어떤 사람은 그 충격을 일에 매몰됨으로써 잊어버려 상쇄하려고 한다.

"그런데 이 사람은 후자의 경우 같아. 주변에서는 애인이랑 헤어진 걸 눈치채긴커녕 요즘 의욕적으로 일했다고 했으니까."

"그런가?"

"그래. 하지만 집에 오면 상황이 달라지지."

적막하고, 재미있는 것도 없고 신경 쓸 것도, 매달릴 것도 없다.

그런 상황에서 그가 실연한 현실을 잊을 수 있는 방법은 술뿐이었다.

실제로 결제 내역을 보면 최근 들어 주류 구입량이 어마어마하게 늘었다.

"하지만 경찰은 술을 자주 마셨다는 이유로 알코올중독으로 의심하는 모양이던데."

"그래. 그런데 말이야, 그건 그냥 경찰에서 프레임 만드는 거야."

"프레임을 만들어?"

"그래. 이 사건에서 중요한 건 이 사람이 평상시에도 술에 취해 있었느냐가 아니라 사건이 일어난 시각에 술에 취해 있었냐는 거니까."

"아, 오빠가 자주 쓰는 이미지 만들기라는 거구나."

"그래."

노형진은 그렇게 말하면서 턱을 만지작거렸다.

"이거 검사가 누구냐?"

"응? 그건 왜?"

"아니, 보통 알코올중독이니 뭐니 하는 방식은 다른 검사들은 잘 쓰지 않거든. 네가 말한 것처럼 이미지 만들기니까."

물론 그런 걸 쓰면 유리해지기는 하지만 그래도 귀찮기 때문이다.

그런데 군이 조사 관련 서류에 언급한 걸 보면 아무래도 이쪽에 경험이 있는, 정확하게는 상당히 능숙한 놈으로 보였다.

'그런 검사가 많지는 않을 텐데?'

물론 그런 방식을 쓰는 검사들이 적은 것도 아니었지만 노형진을 엿 먹이려 하거나 섣불리 이빨을 들이밀다가 목이 날아갔다.

물론 이건 사건 대 사건으로 만난 거고 엄밀하게 말하면 그들이 이빨을 들이민 게 아니라 우연히 노형진이 사건을 담당하게 된 거라 그를 굳이 말려 죽일 생각은 없지만, 이런 능숙한 검사는 흔하지 않았다.

'아니, 능숙하다기보다는 좀 타고난 쪽에 가깝지.'

연차가 찬 검사들에게는 이런 사건보다는 더 큰 사건이 배정되니까.

하지만 이건 정치적이지도 권력적이지도 않은 사건이다.

사건의 특성상 경험이 부족한 검사에게 배정될 가능성이 높은 편이다.

"으아, 싫다."

그런데 검사 이름을 확인한 서세영이 갑자기 부르르 떨었다.

"왜 그래?"

"아…… 내가 아는 놈이야."

"놈? 놈이라고 말하는 걸 보니까 사이가 별로 안 좋았나 봐?"

"안 좋은 정도가 아니라 아주 지랄 났다고. 나이는 나보다 어린 새끼가 나한테 얼마나 갑질 했는데. 그러다가 오빠가 왔다 가니까 꼬리 말고."

서세영이 처음부터 변호사를 지망한 건 아니었다. 본래는 경찰을 지망했었다.

하지만 경찰대 내부에서 이루어지는 더러운 모습에 경찰로서는 미래가 없다고 생각하고 아예 변호사로 방향을 튼 것.

"그래?"

"응. 내가 아무래도 법대에 늦게 들어간 만큼 로스쿨에도 늦게 들어갔으니까 선배라고 해도 보통 나보다 어린 사람들이 많잖아."

"그렇지."

"그런데 얼마나 똥군기를 잡던지. 그러다가 오빠가 우리 학과 주점에 왔다 간 후로 찍소리도 못 하더라고."

"되게 강약약강인 녀석이구나."

"그럴걸. 그 애 아빠가 태양 변호사인가 그럴 거야. 이사급이라던데?"

"태양이라……."

노형진은 그 말에 눈을 찡그렸다. 자신과 친하게 지낼 수 없는 곳이니까.

"그러면 스킬 좋은 게 이해가 가네."

서세영이 방학 중에 새론에서 스킬을 익힌 덕에 다른 변호사들보다 훨씬 빨리 치고 나가듯이, 그놈도 태양에서 스킬을 빠르게 익힌 덕에 치고 나갔을 테니까.

"뭐, 나보다 더 빨리 변호사, 아니 검사가 되기는 했는데 완전히 잊어버리고 있었다."

"이름이 뭔데?"

"맹사운."

"흠."

그 말을 들은 노형진은 검찰청 명단에서 맹사운을 확인했다.

"실력이 좋은 놈이네."

"좋은 놈이면 뭐 해. 좋은 소리는 못 듣는 놈인데."

"뭐, 알 것 같다."

"오빠가 어떻게 알아?"

"내가 찾아간 후에 꼬리 말았다면서. 그놈, 엄청 권력 지향적일걸."

"아, 그렇기는 해."

"내가 네 학교에 찾아간 게 손에 꼽을 정도니까."

경찰학과에 있을 때처럼 가서 뒤집어 버린 것도 아니고 그냥 축제 기간에 잠깐 들른 것뿐이다.

애초에 로스쿨은 대학이 아닌 대학원 개념이기에 주점에 잠깐 들른다고 해도 그저 학생들 매상이나 올려 줄 뿐이다.

"내가 거기서 내 자랑을 한 기억은 없거든."

물론 변호사라는 것, 그리고 이름 정도는 알려 주기야 했지만 사실 아직 학생들이 노형진이라는 이름에 대해 알 정도는 아니다.

변호사 업계에서야 괴물 소리를 듣는다지만 그들은 아직 그 업계에 들어가지 않았으니까.

"그런데 날 알아보고 꼬리를 말았다는 소리잖아. 미리 알았던 건지 아니면 조사한 건지는 모르겠지만, 그런 타입은 보통 권력적이지."

미래를 확실하게 준비한 거라고 볼 수도 있겠지만 그런 경우에는 뒷조사할 시간에 한 자라도 더 공부한다.

"더군다나 로스쿨 임용 이후에 바로 검사가 되었다면 더더욱 그렇지."

그러기 위해서는 추천서를 받아야 하는데, 그 추천서를 받는 게 절대로 쉬운 일이 아니다.

"그나저나 태양 쪽 사람이 백민대학교로 온 건 의외네?"

백민대학교는 새론이 공정한 변호사로서 일할 수 있는 로스쿨생을 키우기 위해 처음부터 손잡았던 곳으로, 실제로 다른 곳보다 훨씬 강도 높은 인성 교육을 하는 것으로 유명하다.

물론 그렇다고 실적이 떨어지지는 않는다.

백민대학교는 새론 출신 변호사들의 특강을 비롯해서 수많은 도움을 받고 있기 때문이다.

"태양 출신이라고 해서 백민대학교 오지 말라는 법은 없잖아."

"하긴, 권력형이라고 꼭 나쁜 놈이리라는 법은 없지."

당장 송정한이 권력을 추구한다고 해서 나쁜 놈인 것은 아니지 않은가?

"공정하기만 하면 되는 거지."

수사 스킬이 좋은 건 나쁜 게 아니다. 그걸 공정하게 쓰느냐가 문제일 뿐.

"일단은 어떤 타입인지 알겠네."

"그러면 오빠, 이제 어떻게 해? 일단 무조건 무죄를 주장해야 하나?"

"아니지. 이건 무죄를 주장하기에는 증거가 너무 많아."

증거도 그렇고 흔적도 그렇고.

"가장 큰 문제는 저쪽에서 번호판이 찍혀 있다는 걸 알고 있다는 거지."

너무나도 확고한 증거. 그걸 뒤집는 건 거의 불가능하다.

"그러면 어떻게 해?"

"일단은 이 차를 언제부터 가지고 있었는지부터 확인해 봐야지."

"아니, 사고 난 지 한 달도 안 되었는데? 당연히 그 시기의 소유주도 의뢰인인 남도원 아니야?"

"그렇겠지. 그런데 차가 너무 오래된 거란 말이야."

남도원의 나이가 올해 스물여덟 살.

차의 연식을 생각해 보면 남도원이 유일한 소유주였을 거라고 보기에는 무리가 있다.

"아무래도 그것부터 파고들어야 할 것 같은데?"

그래야 그나마 변명이라도 할 수 있을 것 같았기에 노형진은 눈을 찡그리며 말했다.

⚖️

남도원의 직업은 목수다. 나이는 스물여덟 살.

나름 이 바닥에서 잔뼈가 굵은 목수다.

"목수는 많이 벌지. 하지만 정착도 힘들고, 인정받기 힘든 직업이야. 남도원 씨 여자 친구가 바람난 원인도 그게 상당 부분을 차지한다고 생각하고."

노형진은 창밖으로 움직이는 차량들을 보며 말했다.

남도원이 말한 차량의 원소유주는 다름 아닌 그의 스승이었다.

그의 스승이 차를 바꾸면서 옛날 차를 남도원에게 싸게 넘긴 것.

"하긴, 젊은 여자들은 노가다꾼이라는 이미지를 싫어하지."

"맞아. 단순히 그것만으로 싫어하는 사람도 있지."

숙련된 목수의 인건비는 상당하다.

진짜 쉴 거 다 쉬고 놀 거 다 놀고 야간작업도 안 해도 한 달에 600만 원은 번다.

남도원처럼 아직 젊어서 야간까지 열심히 뛰는 사람은 천만 원 가까이 벌기도 한다.

　하지만 사람들은 여전히 노가다꾼이라면서 무시한다.

　"정작 그 바람피운 남자는 한 달에 한 400만 원쯤 버는 모양이더라고."

　수입차를 끌고 거들먹거리며 다니기에 부자인 줄 알았던 모양이지만 사실은 중고에, 그마저도 할부로 등골이 휘었던 전형적인 카푸어.

　"차량을 넘겨받은 지 1년밖에 안 되기도 했고."

　노형진은 느긋하게 조수석에 기대었다.

　평소에는 직접 운전하지만 지금처럼 장거리 운전을 하는 경우에는 방법이 없다. 그 스승이라는 사람은 떠돌아다니는 사람이니까.

　마지막으로 소식을 들었을 때 부산에 있다고 해서 부산까지 내려갔더니 이제는 창원으로 올라갔다고 해서 다시 창원으로 가는 중이었다.

　"거기다가 고졸이지."

　"요즘 젊은 여자들이 싫어할 요소는 다 가지고 있네."

　고졸에 노가다꾼이라는 타이틀. 거기다가 차는 10년도 넘은 승합차다.

　"아니, 돈 많이 벌면서 왜 차는 그런 걸 끌어?"

　"미래에 관한 문제니까."

"미래?"

"말했잖아, 목수로 인정받는 게 쉬운 게 아니라고."

스물여덟 살에 목수?

이 바닥에서는 귀한 정도가 아니라 거의 존재하지 않는 수준이다.

목수라는 게 기술을 배워서 인정받는 게 아니라 실제로 배운 후에 인맥을 통해 '이 사람은 능력이 된다.'라는 걸 인정받아야 제대로 된 일감을 받을 수 있기 때문이다.

"자칭 목수라면서 설레발치는 놈들이 얼마나 많은데."

돈이 된다는 걸 아니까 시다, 즉 보조 직원 조금 해 본 경험으로 자칭 목수라고 하는 놈들이 넘치는데, 작업 자체가 원체 안전과 결부된 문제다 보니 그런 놈들을 걸러 내려고 자칭 목수를 쉽게 인정하지 않는다.

"그래서 목수 시스템은 기본적으로 도제식이야."

"아, 그래? 학원도 있던데."

"학원도 있기는 하지. 그런데 그런 곳에서는 완전 기본기만 알려 준다고."

보조로 들어가서 빠르게 적응할 수는 있을지언정 목수로 인정받는 건 아니라는 거다.

"그런데 스물여덟에 목수로 제대로 인정받으려면 아무래도 대학은 포기해야지."

남자는 군대를 가야 한다. 약 2년을 군대에서 지낸 뒤 제대하면 스물두 살 정도.

그 후에 학원에서 대략적으로 일을 배우고 적당한 스승을 만나서 본격적으로 배우면 스물여섯 살 정도 된다고 볼 수 있다.

"실제로 남도원도 스물일곱 살에 목수 노릇 하려고 스승의 곁을 떠났다고 했으니."

"생각보다 늦었네? 스승이 안 풀어 줬나?"

"그것보다는, 너무 어리니까."

이 노가다판 인재 풀의 평균 나이가 워낙 높다 보니 도리어 너무 어리면 안 믿어 버린다.

어린놈들이 어디서 보조 조금 하고 목수라고 설레발치다가 사고를 친 경우가 제법 많아서 더더욱 이미지가 안 좋아진 것도 한몫했다.

"독립을 기념하면서 싸게 넘겨준 것 같아. 목수 하려면 차량은 필수거든."

"아아~."

당연히 이제 막 독립한 사람이니 돈도 없고 모아 둔 것도 없을 거다.

모아 둔 돈이라도 많이 있었다면 여자가 믿었을지 모르지만 애석하게도 그럴 시점이 아니니까.

"그런데 왜 그 스승이라는 사람을 찾으려는 거야?"

"보험 이력을 찾아보려고."

"보험 이력?"

"그래."

노형진은 느긋하게 말했다.

"그게 제법 중요한 증거가 될 거야."

⚖️

"도원이가 음주 운전으로 체포되었다고요? 그럴 놈이 아닌데."

창원의 한 공사 현장.

연락을 받고 온 남도원의 스승은 헬멧을 긁적거리며 말했다.

"그놈이 얼마나 독종인데. 야간작업도 이 악물고 따라오던 놈인데."

"성실했나 보죠?"

"성실하다기보다는 독하지. 독종이야. 집안이 가난하거든."

"아, 듣기는 했습니다."

"그래서 진짜 독하게 돈 모았지. 공부도 좀 한 모양이고."

하지만 가족을 건사하기 위해 대학을 포기하고 이 바닥으로 들어왔다고.

"과거에 음주 운전을 한 사실도 알고 계십니까?"

"알지. 술 마시고 이야기한 적 있어."

그마저도 친구 차를 몰았던 거라고. 벌금을 낸 후부터는 절대로 술 마시고 운전은 하지 않는다고 했다.

"걔 절대로 음주 운전 안 해. 하물며 사람을 죽여? 절대 아니지."

고개를 흔드는 스승의 말대로라면 진짜로 음주 운전하는 타입은 아닌 듯했다.

'뭐, 이제 와서 증언해 봐야 소용없겠지만.'

경찰과 검찰은 이미 여자 친구와 헤어진 특수한 상황에서 돌발적 행동을 한 거라고 주장하고 있으니까.

"그러면 도움을 주실 수 있을까요?"

"도움? 뭐, 내가 줄 수 있으면 좋겠지만, 딱히 도울 수 있는 게 없는데."

독립시킨 후로 그와 남도원은 따로 일했다.

종종 연락을 주고받기는 했지만 여자 친구와 헤어진 것도 몰랐고, 최근에는 아예 근무하는 지역이 달라서 본 적도 없다.

"아, 뭐 증언해 달라는 건 아니고요. 그 차량, 보험 들 때 사진 찍어서 제출하신 거 있죠?"

"웅? 차 사진?"

"네, 그걸 주셨으면 합니다만."

"그거야 어렵지 않지."

"아!"

그 말에 서세영은 눈을 크게 떴다.

"바로 보내면 되나?"

"있습니까? 보험사에 요청해서 가져올 필요 없나요?"

"뭐, 내가 사진을 정리하는 편이 아니라서."

그는 어렵지 않게 메일로 사진을 보냈고, 노형진은 그걸 보면서 미소를 지었다.

"감사합니다."

"내가 도와줄 게 있으면 또 말하고."

"그러지요."

노형진은 그렇게 말하면서 그에게 인사하고 멀어졌다.

서세영은 그런 노형진에게 아차 한 표정으로 말했다.

"그러고 보니까 보험 들 때 사진을 찍어서 보내는구나."

"그래, 요즘은 그렇지."

보험사에서 사진을 찍어서 보내라고 하는 이유는 간단하다.

보험에 가입할 당시에 이미 있던 피해를 보험을 든 후에 처리하려고 하는 걸 막기 위해서다.

예를 들어 보험 가입 전에 긁은 걸 보험 가입 후에 보험으로 처리하면 보험사 입장에서는 손실이 발생하기 때문이다.

"그리고 오래전에 찍은 사진인 만큼 이 사진 속 차량의 상태를 정확하게 확인할 수 있지."

받은 사진을 확인하면서 노형진은 씩 하고 웃었다.

"봐 봐. 확실히 차량이 여기저기 찌그러든 게 보이지?"

"그러네."

지금 경찰과 검찰은 차량의 손상이 피해자를 치면서 발생한 거라고 주장하고 있다.

그러나 이 사진으로 족히 2년 전부터 이런 손상이 있었다고 볼 수 있는 확실한 증거가 생긴 셈이다.

"그나저나 왜 이런 차를 판 거야?"

"어차피 차를 바꿀 거니까."

스승이 될 정도로 경력이 쌓인 목수에게 차를 바꾸는 건 딱히 큰일이 아니다.

그런 상황에서 자신이 키운 제자가 목수로 활동해야 하는데 차가 없다면 어차피 바꿀 차이니 넘길 수도 있다.

"더군다나 이런 차량은 어차피 중고차로 팔아도 비싸게는 못 팔아. 손볼 곳이 많거든."

일단 일부 찌그러진 곳도 펴야 하고 여기저기 긁힌 곳도 도색해야 하고 내부에 묻은 페인트도 벗겨 내야 하며 깨진 라이트도 바꿔야 하고 대대적으로 청소도 해야 하니 그 돈이 적지 않게 들 텐데, 딜러가 손해 보면서까지 그 차를 사려고 하지는 않을 거다.

"그럴 거라면 차라리 같은 목적으로 쓸 사람에게 넘기는 게 훨씬 낫지."

아니면 폐차하든가.

하지만 폐차하기에는 아직 쓸 만하니, 제자인 남도원에게 독립의 선물로 제공한 것.

"그러면 이걸로 이길 수 있을까?"

"글쎄. 그건 아닐걸."

차량의 손상은 어떻게 변명할 수 있다고 해도, 차량의 번호판이 남아 있다.

더군다나 모든 차량이 사고 당시에 100% 손상이 발생하는 게 아니라고 주장하면 이쪽도 할 말이 없다.

특히나 승합차는 차량의 전면부가 넓어서 추돌 시에 충격이 넓게 퍼질 수 있기 때문에 그로 인해 피해가 줄었다고 주장할 가능성도 분명 있고 말이다.

⚖️

"친애하는 재판장님."

재판이 시작되자마자 맹사운은 가열하게 공격을 시작했다.

"피고인 남도원은 일정한 직업 없이 노동직을 전전하는 자로서 그날 상당량의 술을 마시고……."

내용 자체는 간단했다.

술을 마시고 음주 운전으로 사망자를 발생시켰다. 그리고 도주했다가 경찰에 체포되었다.

의심할 여지 없는 나쁜 놈이니 최고 형량을 내려 달라.

'말은 참 잘하네.'

노형진은 그 말을 들으면서 싱글벙글 웃었다.

"오빠, 지금 웃음이 나와?"

"아니, 내가 보기에는 나름 실력이 좋으니까."

"뭐? 어째서?"

"말이 참 애매하잖아. 그리고 판사한테 고정관념을 심어 주려고 선빵부터 치고 있고."

"일용직 어쩌고 하는 거 말이지?"

"맞아."

서세영도 이제 대충 알겠는지 눈을 찡그렸다.

남도원은 분명 일용직, 즉 목수다. 지금 사는 원룸도 고정된 거주지가 아니라 이 현장에서 일을 하기 위해 임시로 잡은 숙소이니 제대로 된 거처라고 보기는 힘들다.

실제로 전입신고가 되어 있는 것도 아니고 말이다.

"저런 게 의외로 사람을 엿 먹이는 거야."

한국에서 일용직, 특히 소위 노가다라고 하는 건설업에 종사하는 사람들의 이미지는 좋지 않다.

능력이 안돼서 제대로 된 직장도 못 구한다고들 생각하는 거다.

'웃긴 거지.'

그들이 지은 아파트에서 편하게 살면서 정작 그런 일은 무시하는 분위기가 팽배한 대한민국.

그래서 재판할 때 일단 일용직이라는 말이 들어가면 판사들은 그 상대방이 무능하고 또 인성이 안 좋은 거친 사람이라는 선입견을 가진다.

"그러므로 이러한 자는 사회에서 격리시킴이 마땅하다 생각합니다. 이상입니다."

그 외의 내용은 간단했다. 사실 증거가 워낙 명확하니까.

"피고인 측 변호인, 진술하세요."

노형진은 그 말에 자리에서 일어났다. 그리고 일어나 앞으로 나가면서 맹사운을 바라보았다.

그러자 맹사운의 눈에 은은하게 공포의 빛이 어렸다.

'겁을 먹는다. 재미있네.'

뭐, 이해는 간다.

상대방은 노형진이다. 어떻게 해서든 이기는 놈.

지금은 워낙 강력한 증거가 있다 보니 자신이 이길 거라고 생각하겠지만, 그렇다고 해서 완전히 안심할 수준은 아닐 것이다.

"재판장님, 을제13호를 봐 주시기 바랍니다. 해당 차량의 지난 3년간의 촬영 내역입니다. 보다시피 해당 차량은 공사 현장에서 사용되는 승합차입니다. 수많은 자재를 옮겨야 했고 거친 환경을 주행하는 경우가 많았습니다. 전 주인의 증언에 따르면 포장되지 않은 도로에서 미끄러져 가벼운 접촉 사고도 잦았다고 합니다. 실제로 지난 3년간의 사진을 보시면 나날이 차량에 상처나 찌그러진 흔적들이 추가됨을 확인하실 수 있습니다. 검찰에서 증거로 제출한 헤드라이트의 파손 역시 마지막 3년째에 이미 깨진 상태임을 알 수 있습니다."

노형진은 검찰의 증거를 하나하나 반박했다.

그 말을 들으면서 맹사운은 눈을 찡그렸다.

하긴, 그의 입장에서는 황당할 테니까.

설마 3년 전 사진까지 구해 올 거라고 누가 예상이나 했겠는가?

'뭐, 실력은 나름 나쁘지 않은 모양인데 어설퍼.'

노형진은 맹사운을 보면서 씩 웃었다.

"이상입니다."

"검찰 측, 반박할 사항 있습니까?"

"재판장님, 분명 파손은 그 이전부터 조금씩 발생하고 있었음을 인정합니다. 하지만 자동차 사고를 당한 승합차의 경우 전면부가 넓어 충격이 퍼지는 경향이 있어 차량 형태의 변화가 별로 없었을 가능성도 배제할 수 없습니다."

'말도 안 되는 소리.'

아무리 차량이 튼튼하다 해도 사람을 치여 죽일 정도의 충격에도 형태의 변화가 없을 수는 없다.

더군다나 해당 차량은 무려 10년이나 되었다.

'하긴, 검찰이니까.'

살인의 증거가 될 수 있는 유전자가 나왔는데도 19억분의 1 확률로 타인일 수 있다는 논리로 기소도 안 하는 검찰이다.

그들에게 있어 과학은 자신들이 우기면 받아들여야 하는 대상일 뿐이니 과학적 가능성은 알 바 아닐 것이다.

"흠."

맹사운의 말에 판사도 약간은 고민하는 눈치였다.

사실 그게 아예 불가능한 건 아니니까.

"더군다나 그날은 비도 많이 와서, 비껴서 추돌했을 가능성 역시 부정할 수 없는 사실입니다."

"하지만 증언에 따르면 그날 피고인 남도원은 현장에서 퇴근한 후 바로 집으로 간 것으로 되어 있습니다. 중간에 술집 등에 들른 흔적이 없습니다."

"재판장님, 피고인 남도원은 최근 여자 친구와 헤어진 문제로 인해 심리적 충격을 받은 상황입니다. 실제로 그의 집에서는 다수의 소주와 맥주 등이 발견되었습니다. 차량에 비치된 주류를 퇴근과 동시에 마셨을 가능성을 무시할 수 없습니다. 더군다나 피고인은 이미 8년 전에 음주 운전으로 면허 정지를 받은 경력이 있는 자입니다."

"충격은 사람을 바꿀 수 있습니다. 피고인이 8년 전 술을 마시고 운전하여 처벌받은 사실은 인정하지만, 그 후로 단 한 번도 음주 운전을 하지 않았습니다."

"차가 없었기 때문이겠지요."

"차가 중요한 게 아니라 이 경우는 법의 계도라는 목적성이 제대로 작동했다고 볼 수 있습니다. 법은 계도가 목적입니다. 그리고 피고인은 그 계도로 인해 더 이상 음주 운전을 하지 않습니다."

노형진의 말에 판사는 자기도 모르게 고개를 끄덕거렸다.

음주 운전은 상습적으로 하는 범죄 중 하나다. 실제로 많은 사람들이 상습적으로 술에 취해서 운전을 한다.

심지어 음주 운전을 하다가 어머니를 차로 밀어 버려서 죽인 놈조차 음주 운전으로 다시 잡힌 경우도 있다.

재범률이 거의 30%에 이르는 범죄가 바로 음주 운전이다.

그런데 이를 반대로 말하면, 70%는 음주 운전을 다시는 안 한다는 소리가 된다.

"8년이라는 시간은 음주 운전의 재범 기간으로 보기에는 너무 긴 시간입니다."

"하지만 무직의 일용직 노동자들이 술에 취해서 하루하루를 보내는 건 일상입니다."

다시 한번 '무직'이라는 말로 남도원을 깔아뭉개려 하는 맹사운.

그런 그에게 노형진이 물었다.

"검사님은 국가 자격증이라는 것에 대해 아십니까?"

"뭐요?"

"국가 자격증 말입니다."

"알고 있습니다."

"그러면 그게 얼마나 따기 힘든지도 알고 계십니까?"

"그거야……."

"세상에는 수많은 자격증이 있습니다. 하지만 대부분의

자격증은 국가 자격증이 아니라 민간 자격증입니다. 국가 자격증은 국가에서 인정한 소수의 사람에게만 발급됩니다."

실제로 사람들이 인식하는 대부분의 자격증은 민간 자격증이다. 국가 자격증은 따는 게 절대로 쉽지 않다.

공신력이 인정되다 보니 발급 난이도 자체를 엄청 높여 두기 때문이다.

"검찰 측은 피고인이 무직에 일용직 노동자라고 주장하고 있습니다만, 피고인은 일용직 노동자이기는 하지만 국가 자격증을 가진 사람입니다. 이는 단순 일용직 노동자가 아니라 자격증을 가진 전문가라는 의미입니다."

"자격증이라고요?"

그 말에 맹사운은 깜짝 놀랐다.

노가다에 자격증이 필요할 거라고는 단 한 번도 생각해 본 적이 없기 때문이다.

실제로 노가다에는 자격증이 필요 없다.

목수라고 업무를 하기는 하지만 사실 그 대부분은 도제식으로 일을 배우기에 자격증을 따로 받는 경우는 드물다.

사실 노동 현장에서 목수라고 불리는 사람은 형틀목공이다.

이 형틀은 콘크리트를 붓기 전에 모양을 잡아 주는 건데, 콘크리트가 굳을 때까지 그 무게를 버텨 주어야 한다.

그래서 형틀목공은 인건비는 비싸지만, 딱히 자격증은 없다.

"하지만 피고인 남도원의 경우는 건축목공기능사 자격증

을 딴 사람입니다."

"건축목공기능사?"

"그렇습니다. 정부에서 인정한 전문가의 영역입니다."

실제로 정부에서 인정한 자격증이 아니라면 기능사라는 이름을 붙일 수는 없다.

'남도원이 착각해서 벌어진 일이지만 말이지.'

남도원은 건축목공기능사라는 걸 노가다 현장에서 쓸 수 있을 거라 생각해 고생해서 땄다.

그런데 이 건축목공기능사라는 건 엄밀하게 말하면 건축 현장에서 쓸 수 있는 자격증이 아니라 목조로 이루어진 집, 가령 한옥이라든가 통나무집 같은 걸 지을 때 도움을 주는 자격증이지 아파트나 건물을 올릴 때 쓰는 형틀과는 전혀 관련이 없는 것이었다.

"검찰 측은 지속적으로 피고인 남도원이 무직에 능력이 없는 사람이라고 주장하고 있습니다만, 피고인 남도원은 작년 한 해에만 수익이 8천만 원에 달하고 실제로 국가 자격증을 가진 전문가이므로 검찰 측의 주장은 합당하지 않다 할 것입니다."

맹사운은 그 말에 할 말이 없었다.

당연히 남도원이 범인이라 생각했기에 딱히 그가 가진 능력이나 자격증까지는 생각하지도 않았으니까.

사실 검사에게 있어서 남도원은 그저 일당직 노가다꾼 그 이상도 그 이하도 아니었다.

"하지만 재판장님, 저희는 이미 CCTV를 통해 남도원의 차량 번호를 확인한 후입니다. 그리고 그 후에 남도원의 자택에서 그가 술에 취해서 잠든 걸 확인했습니다."

가장 골치 아픈 문제.

그건 다름 아는 CCTV에 찍혀 있는 번호판이었다.

남도원과 동일한 차량에, 동일한 번호.

빼도 박도 못 할 정도의 증거였다.

"그에 대해서는 추후 조사 후 변론하도록 하겠습니다."

노형진 역시 그것만은 당장 어떻게 할 수가 없었기에 그렇게 말하면서 뒤로 물러났다.

그 말에 맹사운의 입가에는 득의양양한 미소가 떠올랐다.

"그럼 다음 기일까지 변론서를 제출하도록 하세요."

판사도 확실히 여러모로 이상하다는 생각이 들었는지 고개를 끄덕거렸다.

노형진은 자신을 바라보는 맹사운을 보면서 씩 웃었다.

어설픈 복수

"노형진과 엮이고 있다고?"

"네, 대표님."

손하균은 생각지도 못한 소식에 약간 관심이 생긴 듯 물었다.

"그래서, 자네 아들이 유리하다던가?"

"일단은 번호판이 확실하게 손에 들어왔으니 별문제는 없을 거라고 했습니다."

"번호판이란 말이지."

그 말에 손하균의 얼굴에 미소가 떠올랐다.

"가볍게 한 방 먹이는 것도 나쁘지 않겠군."

"어떻게 말입니까?"

"노형진 그 새끼는 이미지가 너무 좋단 말이지."

노형진뿐만이 아니다. 새론 자체가 너무 이미지가 좋다.

물론 마냥 착한 것도 아니고 범죄자 변호를 하지 않는 것도 아니지만, 그럼에도 불구하고 새론에는 약자를 위해 싸우는 곳이라는 이미지가 있다.

"그러니 거기에 가볍게 똥칠을 해 주고 싶군."

"이번 사건으로 말입니까?"

"그래. 피해자가 누구라고?"

"아, 그건 잘 모르겠습니다."

"적당히 포장해서 언론에 흘려. 어차피 요즘 세상에서 음주 운전자는 무조건 때려죽일 놈이잖아?"

"그렇지요."

그렇잖아도 음주 운전자의 이미지는 안 좋다.

연예인들이 음주 운전하다가 걸리면 인생이 간당간당해질 정도로 말이다.

"거기다 얼마 전에 국회의원 자식새끼 하나가 사고 쳤단 말이지."

술에 취해서 음주 운전을 하다가 단속하는 경찰을 매달고 도주했다.

그리고 그걸 담당한 게 다름 아닌 태양이었다.

태양은 적절한 뇌물과 경찰에 대한 협박으로 사건을 무마해서, 실형이 나올 사건임에도 불구하고 집행유예를 받는 데 성공했다.

원래는 음주 운전 도주는 실형 대상이지만 도망가서 술이 깰 때까지 숨어 있으면 술 취한 걸 증명하지 못한다는 걸 이용해서 음주 운전 혐의를 벗어 버리고 단순 공무집행방해만 적용한 것이다.

"그 분노까지 쏠리게 할 수 있다면 새론이랑 노형진 그놈에게 똥칠할 수 있겠어."

"제 아들보고 그 노형진과 싸우란 말씀이십니까?"

보고하던 변호사는 순간 고민하는 눈치였다.

그도 그럴 게, 노형진과 싸워서 좋은 꼴을 본 사람이 없기 때문이다.

아무리 자신이 태양의 이사급 변호사라고 해도 노형진과 싸운다는 건 무리였다.

"멍청하긴."

그러자 그가 두려워하는 걸 눈치챈 손하균이 못마땅한 표정이 되었다.

'손채림 그년도 이렇게 멍청하지는 않았는데.'

애석하다는 듯 혀를 끌끌 차는 손하균.

이제는 연을 끊고 살아가는 사이지만 그래도 나름 쓸 만했던 딸년을 생각하자 그런 그녀를 빼앗아 가고 자신의 인생을 송두리째 흔든 노형진에 대한 분노가 다시 치밀어 올랐다.

"자네 아들이 노형진이랑 싸울 급이 되나?"

"그건……."

턱도 없다.

나름 능력도 있는 놈이기는 하지만 노형진과 싸워서 이길 정도로 출중한 건 절대 아니었다.

"번호판을 확보한 시점에서 이미 끝난 일이야. 그런데 뭘 싸워?"

"그러면?"

"기자 새끼들한테 엮으라고 하란 말이야. 적당히 피해자 측과 엮어서 좀 질질 짜게 만들면 새론에 죄를 뒤집어씌울 수 있잖아!"

"아!"

물론 검찰에서는 그런 짓을 못 한다.

필요에 따라서는 할 수도 있겠지만, 아직 평검사인 아들이 그런 짓을 독단적으로 했다가는 좋은 꼴을 못 본다.

"하지만 우리가 흘리는 건 어려운 거 아니잖아?"

"그건 그렇지요."

썩어도 준치라고, 태양이 과거보다 힘이 많이 빠졌다곤 해도 아직은 언론에 선이 닿아 있다.

"언론도 노형진이나 새론과 사이가 좋지 않기는 마찬가지야."

뒤집거나 망하게 할 수는 없지만 얼굴에 똥칠하는 것 정도는 거부하지 않을 거다.

"적당히 흘려. 피해자 측 기자회견도 좀 잡아 주고. 무슨 소리인지 알지?"

"네, 대표님."

그 말에 이사는 고개를 끄덕거렸다.

⚖

노형진은 이번 사건에 대해 여러모로 조사 중이었다.

말도 안 되는 부분이 너무 많았으니까.

그런데 그 와중에 터진 뉴스는 너무 기가 막혀서 말이 나오지 않을 정도였다.

─제 아버지가 돌아가셨습니다. 그런데 어떻게 이럴 수 있습니까? 돈이 있어서 힘이 있는 변호사를 사면 무죄라니, 말이 됩니까?

─노형진 변호사가 업계에서는 톱이라고 들었습니다. 도대체 가해자가 무슨 돈이 있어서 업계 톱이라는 변호사를 고용한 겁니까? 당장 가해자는 저희한테 사과 한번 하지 않았습니다.

피해자의 자녀로 보이는 남녀가 나와서 눈물을 흘리자 사람들이 그들을 편들어 주면서, 새론을 욕하는 댓글이 미친 듯이 올라오기 시작했다.

─와, 새론. 그렇게 안 봤는데 미쳤네.

─노형진이 그렇게 비싸?

-대룡과 함께 일하는 변호사다. 딱 각 나오지?

-양심 무엇? 장난해? 사람 죽여 놓고 비싼 변호사를 사다니.

-씨팔. 이러니까 술 마시고 운전하다가 사람 죽여도 무죄 나오지.

그렇잖아도 지난번 사태로 인해 분노가 차 있었던 사람들은 뜬금없이 새론을 물어뜯기 시작했다.

그걸 보면서 노형진은 기가 막혔다.

"아니, 뭐야? 씨발."

평소에 욕을 잘 하지 않는 노형진조차 별다른 말을 못 하고 인터넷에 올라온 뉴스를 멍하니 보고 있을 정도였다.

"뭐냐, 이게?"

"오빠, 지금……. 아, 봤구나."

"너도 봤구나? 이게 뭔 개 같은 경우냐?"

"그러니까."

노형진은 혀를 끌끌 차면서 말했다.

"이거 뒤에서 누가 수작질을 부린 모양이다."

"뭐?"

"일단 들어와. 문 닫고."

노형진이 손짓하자 서세영은 안으로 들어와서 맞은편에 앉았다.

노형진은 잠시 더 뉴스를 보다가 곧 꺼 버렸다.

"안 봐도 돼?"

"봐 봐야 바뀌는 건 없어. 애초에 어떤 미친놈이 헛소리하려고 지랄하는 것 같은데."

"피해자 측일걸."

"아닐걸."

노형진은 고개를 흔들었다.

피해자 측이 이런 짓을 한다?

아니다. 그럴 이유가 없다.

"어떻게 알아?"

"피해자가 부른다고 기자가 가겠냐?"

"하긴."

피해자들은 억울해서 미칠 거다.

이해는 간다. 자신의 아버지가 음주 운전으로 인해 죽었으니까. 그러니 화가 날 거다.

하지만 그것과 별개로, 그들은 힘도 없고 돈도 없고 백도 없는 그저 그런 소시민일 뿐이다.

"피해자한테 딸 하나 아들 하나 있다고 했지?"

"응. 둘 다 결혼했는데, 딸은 남편이랑 작은 과일상을 하고 있고 아들은 중소기업에서 일해. 아내는 투잡으로 식당에서 일하는 모양이고."

아무것도 없는 사람들이 불렀는데 기자들이 찾아갔다? 그럴 리가.

"기자들은, 특히 큰 회사의 기자들은 큰 건이거나 돈이 되는 자리가 아니면 안 나가."

새론에서 기자회견을 하면 오는 이유는 새론이라는 타이틀이 있기 때문이다.

어떤 변호사가 이슈를 타지 못한 상태로 기자회견 한다고 떠들어 봐야 아무도 가지 않는다.

"거기다가 피해자 아들이 그랬잖아. 내가 업계 톱이라고 들었다고."

"그건 사실이잖아?"

"물론 사실이지. 그걸 부정하는 게 아니야. 중요한 건 '들었다는' 거지."

"어? 아하!"

작은 회사에 다니는 사람이 과연 변호사 업계에서 노형진이 얼마나 큰 힘을 가지고 있는지 알 수 있을까?

당연히 모르는 게 일반적이다.

물론 노형진이 필요에 따라서는 언론 플레이를 거부하지 않는 타입의 변호사이긴 하지만 그렇다고 해서 모든 사람들이 다 아는 변호사인 것은 아니다.

"즉, 누군가가 그렇게 말해 줬다고 볼 수 있겠지."

"혹시 맹사운 그 새끼 아니야? 헐, 이런 개 같은 새끼가!"

그 말에 서세영이 발끈했다.

상식적으로 이런 짓거리를 할 만한 사람으로 생각나는 건 검사뿐이니까.

하지만 노형진은 고개를 흔들었다.

"맹사운은 아닐걸."

"응? 왜?"

"내가 가서 인사만 했는데도 찍소리 못 하고 너 괴롭히는 걸 멈추던 놈이 나를 이런 식으로 도발한다고?"

"어, 그런가?"

"상식적으로 그건 나랑 대놓고 전면전을 하겠다는 건데, 그렇게 해서 이긴다고 쳐. 내가 그런 짓을 한 놈을 가만둘까?"

"그럴 리가 없지."

"그날도 그놈은 나름 노력은 했지만 선은 안 넘었어."

딱 검사로서 최선을 다하는 수준.

그게 변호사 입장에서는 기분 나쁘지만 또 검사로서는 당연한 것이기에 노형진도 그걸 탓할 생각은 전혀 없었다.

눈치 보지 않고 최선을 다하며 선을 넘지 않는 검사도 필요하니까.

실제로 노형진이 수많은 사건에서 수많은 소송을 했지만 그중 변호사와 검사를 건드린 경우는 그들이 명백하게 선을 넘는 경우뿐이었다.

"그런 놈이 갑자기 선을 넘어서 언론전을 한다고?"

"하긴, 그건 또 이상하네. 내가 아는 맹사운 성격도 아니고."

"더군다나 여론전은 일반 평검사가 할 게 아니야."

여론전은 검찰 상부에서 결정하는 일인데, 현실적으로 이번 사건은 그럴 가치가 없다.

정치적 사건도, 재벌가의 사건도 아니니까.

"그리고 말하는 사람의 핵심도 미묘하고."

"뭐가?"

"공격 대상이 음주 운전자가 아니야. 나, 아니 우리 새론이지."

음주 운전을 한 놈은 처벌받아 마땅하다. 그런데 새론이 그것 때문에 욕먹는다?

그건 이상한 일이다.

보통 가해자를 욕하지 그걸 담당하는 변호사를 욕하는 경우는 거의 없다.

"재미있네?"

노형진은 그걸 보면서 피식 웃었다.

"누가 우리를 물고 늘어지고 싶은 모양인데?"

"아니, 우리가 진다고 해서 뭐가 달라지는데?"

"그것보다는 뭐랄까, 우리 얼굴에 똥칠이 하고 싶은 모양이다."

그 말에 서세영은 눈을 찡그렸다.

"환장하겠네. 확실해?"

"아마도? 당장 소송비에 대해 주장하는 것도 어이가 없고."

노형진이 많은 소송비를 받는 건 사실이다.

하지만 어디까지나 민사의 영역에서만 그렇게 받는다.

그것도 사건의 경중이나 난이도에 따라 받는 게 아니라 상대방의 재력에 따라 받는다.

가난한 사람에게는 좀 힘들어도 싸게, 돈 많은 사람에게는 사건이 쉬워도 비싸게.

왜냐하면 그래야 돈 많은 사람이 쉬운 사건을 가져오지 않으니까.

또한 가난한 사람들도 어렵다고 포기하지 않고 가져오니까.

"더군다나 이번 사건은 형사사건이란 말이지."

과거에 형사사건과 관련된 수임료는 사건마다 달랐다.

정확하게는 기본 330만 원에 승리한 경우 승소 비용이라고 추가적으로 돈을 받는 게 당연했다.

하지만 그런 풍조는 법원에서 승소 비용이 불법이라고 판결하면서 사라졌다.

상식적으로 변호사의 업무가 승소를 목적으로 하는 건데 승소했다고 추가 비용을 받는 건 말도 안 된다는 거다.

예를 들어 의사가 치료에 성공하면 치료 비용을 추가로 받는 셈이니까.

그래서 요즘은 많은 곳에서 형사소송 비용을 550만 원까지 올렸다.

하지만 새론은 여전히 330만 원을 받고 있다.

"이번 사건도 마찬가지고."

지명이 들어온 것도 남도원이 돈이 많은 것도 아니기에,

규정대로 딱 330만 원 받은 게 전부였다.

"그런데 마치 내가 수천만 원쯤 받은 것처럼 떠들잖아. 보통 저런 건 누가 선동해야 생각할 수 있는 거거든."

변호사비가 얼마인지 잘 모르는 소시민들은 그런 생각을 쉽게 하지 못한다.

그러니 그런 식으로 선동한 누군가가 있어야 저런 소리를 할 수 있다.

"이거 재미있네, 허허허."

노형진은 헛웃음을 지었다.

"어쩔 거야, 오빠? 이거 이대로 둘 거야?"

"일단 해결해야겠지. 하지만 지금 중요한 건 저게 아니라 남도원 씨야."

"우리가 아니라고?"

"언론에서 나랑 새론을 물어뜯는다고 해서? 뭐가 바뀌어?"

이미지가 안 좋아지는 거?

노형진은 그런 걸 두려워하지 않는다.

자신이 정치인도 아니고 연예인도 아닌데 그런 걸 두려워할 이유가 없다.

"그리고 남도원 씨 사건을 해결해야 이 뒤를 캘 수 있을걸."

"하지만 이거 무죄가 불가능할 것 같은데. 그 번호판이 영 걸린단 말이지."

"나도 그랬지. 그런데 생각지도 못한 자료가 날아와서."

"생각지도 못한 자료?"

"볼래?"

노형진은 서세영에게 뭔가를 건넸다.

서세영은 그걸 받아 들어 읽다가 고개를 갸웃했다.

"뭐야? 뭔 놈의 딱지가 이렇게 많아?"

"그렇지?"

"아니, 이 정도면 차량값보다 더 비싼 거 아니야?"

"거의 비슷하지 싶다."

노형진이 고문학에게서 얼마 전에 받은 자료.

그건 다름 아닌 해당 차량의 압류 내역이었다.

물론 압류 내역이라고 해서 차량이 은행에 압류되거나 한 건 아니었다.

"딱지도 결국 압류 대상이거든."

소위 딱지라고 불리는 과태료를 내지 않으면 어떻게 될까?

과속, 불법 주정차 딱지 등 차량을 몰다 보면 실수를 하게 되고, 그 결과 낼 수밖에 없는 그런 비용이 있다.

"그런 경우는 정부에서 압류를 걸지."

하지만 압류한다고 해서 정부에서 당장 차를 내놓으라고 쫓아오지는 않는다.

다만 그 차를 처분하거나 폐차하거나 할 때, 미납부 상태라면 불가능해진다.

"그래서 실제로 모르고 있다가 중고로 넘기거나 폐차할 때

내는 경우도 많아."

"아, 그래?"

"응. 너야 아직 그런 경험이 없겠지만."

어찌 되었건 중요한 건 그거다.

딱지는 당사자가 모를 수도 있다.

"더군다나 남도원 씨의 경우는 본가가 비었으니까."

남도원은 할머니 손에서 여동생과 함께 자랐다. 아버지가 죽은 후 어머니가 두 아이를 버리고 새로 결혼을 했기 때문이다.

"여동생은 다른 도시에서 일하고 있고, 남도원 씨는 직업 특성상 전국을 돌아다니지."

특히 스물여덟 살의 젊은 목수라는 특성상 그를 쓰려고 하는 사람들이 제법 많을 수밖에 없다.

나이가 젊다는 건 그만큼 힘이 넘친다는 소리니까.

"할머니는 돌아가신 지 4년 지났고."

그래서 주소지인 본가는 사실상 비어 있다.

여동생이 가끔 가서 정리는 하는 모양이지만 남도원은 거기에 간 지 오래되었다고.

"그런데 딱지는 주소지로 날아가지."

그래서 남도원은 자신에게 딱지가 발급되었다는 것도 모르고 있었던 모양이다.

"뭘 했기에 딱지가 250만 원이야?"

아무리 그래도 선을 넘는 돈이다.

250만 원. 이 정도면 그 오래된 중고차를 팔아도 안 나올 거다.

"나도 그게 참 이상하다고 생각했지. 그런데 더 재미있는 게 뭔지 알아?"

"뭔데?"

"그 딱지가 발급된 장소를 봐."

"용인이잖아."

"그래, 용인이지. 남도원 씨가 공사 때문에 가 있던 곳. 그런데 내가 알기로는, 남도원 씨는 용인에 온 지 네 달밖에 안 됐거든."

"응? 뭐? 잠깐, 그러면 이건 뭐야?"

그 말에 서세영은 서류를 확인하기 시작했다.

그도 그럴 게 기록을 보면 상당수의 딱지가 그 이전에도 날아왔기 때문이다.

"정확하게는, 시기로 보면 남도원 씨가 차량을 넘겨받고 세 달쯤 지나고 나서 딱지가 날아오는 숫자가 확 늘었지."

"어떻게 이럴 수가 있지? 이 시기에 남도원 씨는 여기에 있지도 않았을 텐데."

남도원은 이 시기에 아마도 다른 도시에 있었을 거다.

확인한 건 아니지만 남도원은 돈이 되는 큰 공사장 위주로 돌았으니까.

"남도원 씨 커리어를 보면 보통 1급 공사장을 돌아다녔단 말이야."

1급 공사장이란 쉽게 말해서 초대형 공사장으로, 대기업에서 관리하는 곳을 말한다.

거대한 아파트 단지, 초대형 쇼핑몰 또는 대단위 공장 같은 곳이 1급이다. 2급은 그보다는 작은 소규모 아파트 단지 또는 작은 단위의 빌딩.

3급은 개인의 주택이나 빌라 같은 다세대주택을 말한다.

"다른 곳에서 일을 마치고 여기로 온 건데 왜 여기에서는 그 전부터 딱지가 발급되고 있었을까?"

"우연일까?"

"우연은 아니야. 여기 보면 광양에서 딱지 뗀 거 보이지?"

"그러네."

"뜬금없이 불법 주정차 딱지가 붙었단 말이지."

대부분의 딱지가 용인 쪽에서 발급되었는데 뜬금없이 광양에서 불법 주정차 딱지를 떼었다.

"아마도 광양에서 발급된 게 진짜 남도원 씨가 뗀 거고 다른 건 제3자가 뗀 거겠지."

"제3자?"

"그래."

"그게 가능해?"

"웃기지만, 가능성은 두 가지야."

노형진은 긴 한숨을 내쉬었다.

터무니없는 말이지만 무시할 수 없는 가능성이니까.

"뭐? 두 가지나 가능하다고?"

"그래. 첫 번째, 중복 번호판."

"중복?"

"사례가 없는 건 아니거든."

실제로 경찰 실수로 중복 번호판이 발급되어 다른 사람이 뗀 과속 딱지나 기타 기록이 한쪽으로 쏠린 경우가 있었다.

정부와 경찰에서는 그걸 내라고 압박하다가 결국 자기들 실수라는 게 드러나자 조용히 입을 다물었지만 말이다.

"그런 게 가능해?"

"웃기게도."

물론 그럴 가능성은 희박하다.

한번 번호가 등록되면 그 번호는 다시 못 쓰니까.

하지만 전국 규모에서 바로 동기화되는 건 아니고 약간의 시간이 필요한데, 예를 들어 1234로 등록한 후에 거의 비슷한 시간에 부산에서 1234로 등록하면 동기화되기 전에 번호판이 발급되기도 한다.

이런 경우 공동 등록인 걸 경고해 주는 시스템이 없기에 결국 먼저 등록한 쪽으로 온갖 딱지가 날아간다.

"두 번째는, 가짜 번호판."

"가짜?"

"사실 이 경우는 생각보다 많아. 너도 알다시피 가짜 번호판을 달고 다니다가 사고를 치는 경우가 있지."

그 말에 서세영의 얼굴이 굳었다.

실제로 그런 사건이 종종 있으니까.

물론 음주 운전 사고는 아니지만, 가짜 번호판을 달고 마약을 배달했다거나 어느 범죄 집단을 잡았는데 가짜 번호판이 수북하게 나왔다거나 하는 뉴스가 종종 보도되기는 했다.

"가짜 번호판이라니. 그런 생각을 왜 못 했지?"

"가짜 번호판은 범죄에만 쓴다고 생각하니까."

물론 그게 틀린 말은 아니다.

애초에 가짜 번호판을 달고 다닌다는 것 자체가 부정한 목적이 있다고 볼 수 있는 거니까.

"하지만 이건 범죄라기보다는 사고니까."

"사고라······."

"사고지. 내가 봐서는 누군가 우연히 가짜 번호판을 비슷한 연식의 동일 차종에 단 게 아닐까 싶다."

실제로 승합차의 경우는 오랜 시간 디자인 변경이 별로 없다.

"그런 면에서 보면 딱지가 미친 듯이 날아온 것도 말이 되지."

어차피 자기가 낼 게 아니니까.

실제로 이런 가짜 번호판을 단 차량이나 대포차의 경우는 운전을 엄청 험악하게 하는 경우가 많다.

왜냐하면, 어차피 그로 인한 피해를 자신들은 전혀 책임지지 않으니까.

"가짜 번호판이라고?"

서세영은 흥미로운 얼굴이 되었다.

확실히 대포차로 인한 인명 사고가 없는 것도 아닌데 가짜 번호판이라고 해서 인명 사고가 없을 거라는 보장도 없다.

"하지만 누군지 알 수가 없잖아?"

"그게 문제지."

가짜 번호판은 비싸지 않다. 인터넷에서 45만 원선.

물론 그걸 사기 위해서는 인맥이 있어야 하지만, 한번 산 놈에게 그건 어렵지 않은 일일 거다.

"일단은 그쪽으로 파고들어 봐야지."

가짜 번호판이라고 의심할 수 있고 실제로 그렇게 주장할 수는 있다.

하지만 주장하는 자가 증명해야 한다.

그게 법의 규칙이고, 그걸 증명하지 못하면 남도원은 음주운전 살인으로 기소될 거다.

"범인은 아직 용인에 있을걸."

노형진은 그렇게 확신하고 있었다.

⚖️

노형진은 사람들이 새론에 욕을 하든 말든 자신을 씹든 말든 신경도 쓰지 않았다.

왜냐하면 이 세상을 욕 안 먹고 사는 건 불가능하다는 걸 알기 때문이다.

그랬기에 그냥 무시하고 자기 일만 하려고 했다.

하지만 세상은 그렇게 호락호락하지 않았다.

"괜찮으십니까?"

"안 괜찮습니다. 제 동생이…… 잘렸답니다."

"잘려요?"

"네, 저 때문에…….'"

남도원은 우울하게 말했다. 그러고는 힘없이 이야기했다.

"제가…… 살인을 한 게…… 사실이냐고, 술 마시고 진짜로 사람을 죽였냐며 울더군요."

"아니라고 말씀하시죠."

"네, 그랬습니다. 그런데 왜 자기가 잘렸냐고…….'"

"허…….'"

노형진은 혀를 끌끌 찼다.

'이거 버릇 또 나왔네.'

좌표 찍기. 인간이 가진 나쁜 버릇 중 하나다.

누군가 좌표를 찍고 '이 새끼는 나쁜 놈이에요.'라고 하면 우르르 몰려들어서 물어뜯는 행위.

'이게 마냥 나쁜 건 아니지만…….'

문제는 그 좌표 찍기라는 행위가 현실적으로 보면 양면성이 너무 뚜렷하다는 거다.

권력과 부당함에 대항해서 국민들이 좌표를 찍어서 물어 뜯는다면 정부에서 부담감 때문에라도 공정하게 하는 경우도 있지만, 진짜 누군가 작심하고 물어뜯으려고 함정을 파면 억울한 사람을 죽음으로 몰아갈 수 있는 행위이기도 하다.

"단순히 회사에서 살인자의 동생이라고 자른 거랍니까?"

"모르겠습니다."

"이건 아무래도 누군가가 신상을 공개한 모양인데."

"신상요?"

"네."

자동차 사고에 대해 누군가 떠드는 거? 그럴 수 있는 일이다.

하지만 누구도 남도원의 신상을 떠들고 있지는 않다.

왜냐하면 피해자들이 실명을 공개하지 않았으니까.

아무리 생각이 없기로서니 죄가 확정된 것도 아닌 상황에서 용의자의 실명을 공중파에서 떠드는 사람은 없었고, 설사 있다고 해도 기자들이 알아서 걸러 버린다.

"그런데 어떻게 동생분의 신상이 인터넷에 퍼진 걸까요?"

"저야 모르죠. 전…… 미치겠습니다. 저 때문에 동생이 망가졌습니다."

머리를 부여잡고 눈물을 흘리는 남도원.

어머니에게 버림받고 할머니가 돌아가신 후, 어떻게 해서든 지키려고 했던 동생이다.

그런 동생의 인생이 자신 때문에 망가졌다는 사실에 그는 큰 절망을 느끼고 있었다.

"차라리…… 제가 죄를 뒤집어쓰고 감옥에 갈 걸 그랬습니다, 흑흑흑."

"자, 자, 자! 진정하시고."

노형진은 남도원을 진정시켰다.

하지만 그 와중에도 머릿속은 복잡했다.

'이거 미안한데?'

일이 어떻게 굴러가는지는 모르겠지만 상대방은 자신들이 욕을 먹게 하기 위해 이런 짓을 한 것으로 보인다.

그런 상황에서 남도원의 동생에게까지 좌표가 찍힌 것일 터였다.

"일단 그 회사가 어딥니까?"

"설득하려고 해도 소용없을 겁니다. 회사 대표가 살인자 동생과는 같이 일하지 않는다고 못 박았답니다."

절망적으로 말하는 남도원.

하긴, 자신 때문에 동생이 해직당했다는 사실을 알게 된 상황에서 그녀의 미래까지 망가지는 걸 봐야 한다는 게 힘들 테니까.

하지만 그가 모르는 게 있었다.

아니, 노형진의 얼굴에 똥칠을 하고자 했던 손하균과 법무법인 태양조차도 몰랐던 게 있었다.

노형진과 새론은 똥물이 묻는 걸 무서워하지 않는다는 것을.

그들이 좋은 일을 하는 건 이미지를 위해서가 아니라 마땅히 해야 하는 일이라서 한다는 것을.

그랬기에 송정한은 똥 묻힐 각오를 하고 정치판에 뛰어들고, 노형진은 문제를 해결하면서 온갖 더러운 조직들과 적당히 타협한다는 것을.

상대방을 분석하지 않고 외견으로 보이는 것만으로 판단한 놈들의 실수였다.

"설득요?"

노형진은 말도 안 된다는 듯 피식 웃었다.

"저는 설득하지 않을 겁니다."

"네? 그러면요?"

"당연히 조져 놔야죠."

"조…… 조진다고요?"

"네. 뭔 깡인지 모르지만 조져 놓을 겁니다."

노형진은 이를 뿌드득 갈면서 말했다.

"그놈의 회사든, 그 회사에 압박을 가한 자칭 정의로운 줄 아는 병신이든, 아니면 이 짓거리를 하게 만든 배후 인물이든."

노형진은 그간 억눌렀던 분노가 치밀어 오르는 걸 굳이 감추지 않았다.

"조져 놔야지요, 언제나처럼. 후후후."

악마 변호사 노형진

"뭐? 똥판으로 굴러들어 가겠다고?"

"네."

"자네 이미지는?"

"제 이미지가 안 좋다고 안 오는 사람은 아직 안 급한 거죠. 뭐, 변호사가 한둘입니까?"

노형진은 김성식의 말에 당연하다는 듯 말했다.

"제가 좋은 이미지를 가지고 있는 건 좋은 일만 해서가 아니라 좋은 일에 능력을 아끼지 않아서입니다. 그 두 가지는 확실하게 다르죠."

"하긴, 그건 그렇지."

노형진의 말에 김성식은 고개를 끄덕거렸다.

다른 사람들이 보기에는 노형진이 이미지를 엄청 챙기는 것 같겠지만 사실 노형진은 그런 타입은 아니다.

"더군다나 상대방이 누군지 모르지만, 아니 대충 예상은 가지만 그쪽에서 원하는 대로 해 줘야지요. 물론 그 대가로 저도 그쪽 사지 중 하나 정도는 쳐 낼 겁니다."

자신의 얼굴에 똥칠을 하려고 하는 건 이해한다.

하지만 그 과정에서 피해자를 만들어 내는 것은, 심지어 의뢰인에게 피해를 주는 것은 참을 생각이 전혀 없었다.

"그게 누군데?"

"아마도 법무 법인 태양 같습니다."

"태양?"

"네. 그쪽에서는 제가 맹사운에 대해 모른다고 생각하는 모양이더군요."

하지만 맹사운은 서세영과 동기고, 서세영이 그가 법무 법인 태양 이사급 임원의 아들이라고 확인해 줬다.

"법무 법인 태양의 대표인 손하균은 저한테 개인적으로 억하심정이 있으니까요."

"그렇다고 이런 짓을 한다고?"

"태양도 뭐 언플에는 도가 트지 않았습니까?"

"그건 그렇지."

지금 힘이 좀 빠졌다고 해서 그들에게 실력이 없는 건 아니다.

사실 제대로 언플을 할 수 있는 로펌은 손에 꼽을 정도인데, 그중 이번 사건에 관련된 것은 법무 법인 태양뿐이다.

　"그렇다고 자네를 공격한다고?"

　"뭐, 그냥 제 얼굴에 똥칠을 좀 하고 싶었던 거 아닐까 합니다. 사회적으로 음주 운전이 지탄받는 상황이니까요."

　"아니, 그 지경으로 만든 건 자기들 아닌가?"

　얼마 전 있던 국회의원 아들내미의 음주 운전을 은폐한 게 태양이라는 것을 김성식이 모르는 바가 아니다.

　그런데 그걸 이쪽에 뒤집어씌우겠다니.

　"적당히 양념만 치면 자기들이 나쁜 게 아니라 변호사들이 나쁜 거라고 장난치기 쉽거든요. 정치판은 뭐 안 그렇습니까?"

　"하긴."

　뇌물 받은 정치인이 가장 많이 쓰는 방법 중 하나가 바로 정치판은 원래 다 그렇다는 식으로, 다 같이 죽자고 터트려 대는 거다.

　그러면 그걸 본 사람들은 정치에 혐오감을 느끼고 신경 쓰지 않게 돼서 처벌이 약해지고, 정치인들은 더더욱 쉽게 뇌물을 받아 챙길 수 있게 된다.

　정치판을 대상으로 오랜 기간 수사해 온 중수부의 부장이었던 김성식이 그 사실을 모를 리가 없었다.

　"쉽게 말해서 자기들 똥을 자네한테 뒤집어씌우고 싶었던 거다 그거군."

"그런 겁니다."

"그래서 자네는 그 안으로 들어가겠다는 거고?"

"똥통이 두려운 건 똥을 묻히기 싫어서거든요."

그런데 이미 똥이 묻은 상황이라면 더 이상 거리낄 게 없다.

"그런 거라면 차라리 저를 거기로 밀어 넣은 놈을 똥통으로 잡아당기는 게 제 성격이고요."

"하지만 쉽겠나?"

"물론 쉽지 않지요. 하지만 방법이 없는 건 아니죠. 원래 규칙이라는 건 서로 양보하면서 만들어지는 겁니다. 무제한 리그라면 제가 불리할 것은 없어요."

"그래서 어쩌려고?"

"일단 가장 먼저, 남도원 씨의 동생을 자른 기업부터 망하게 만들 겁니다. 정확하게는, 망할 정도로 압박할 겁니다."

"부당 해고 소송이라도 하려고? 뭐, 확실히 이건 부당 해고 소송 대상이기는 하네."

남도원의 동생이 살인을 한 것도 아니고, 남도원의 음주 운전이 확정된 것도 아니다.

그런 상황에서 무단으로 직원을 해고했으니 부당 해고 소송감이라고 볼 수 있다.

"아니요."

하지만 노형진은 멍청한 부당 해고 소송 같은 건 할 생각이 없었다.

"애초에 제가 노리는 건 그 기업이 아닙니다. 이야기를 들어 보니 솔직히 그리 큰 곳도 아니던데, 그런 곳을 노려 봐야 무슨 의미가 있습니까?"

"그러면?"

"같이 똥통에 뒹굴 생각입니다. 그리고 줄줄이 잡아당겨야지요, 후후후."

⚖

남도원의 여동생인 남인혜는 대기업에 납품하는 작은 공장에 다니고 있었다.

가난해서 대학교에 가지 못한 건 남도원과 마찬가지였고, 그 때문에 고등학교를 졸업하자마자 바로 작은 핸드폰 부품 공장에 입사해서 일을 해 왔다.

그러나 얼마 전 그 공장에서 해직당했다.

이유는 간단했다.

그녀의 오빠가 살인마라는 것.

물론 자신의 오빠는 살인마가 아니라고, 뭔가 잘못된 거라고 주장했지만 그런 그녀의 항변을 누구도 듣지 않았다.

그랬기에 그녀는 오늘 공장의 기숙사에서 힘없이 물건을 정리하면서 눈물을 훔치고 있었다.

"흑흑흑."

"힘내. 그래도 좋은 일이 있겠지."

얼마 전까지만 해도 하하 호호 하던 동료들 중 일부는 거리를 뒀고 일부는 말도 안 된다며 항의했지만, 결국 회사에서는 그녀의 해고를 번복하지 않았고 도리어 꼬우면 소송하라면서 갑질을 했다.

물론 부당 해고 소송은 할 수도 있다. 하지만 그러기에는 돈도 없고 시간도 없었다.

"그나저나 어쩔 거야?"

"일단은 비어 있는 할머니 집에 가서 생활할 거야, 흑흑."

동료의 질문에 남인혜는 애써 눈물을 삼키면서 말했다.

"그나저나 너희 오빠가 그럴 사람이 아닌데."

"그러니까. 뭐가 잘못된 걸 거야."

"술 마시면 절대로 운전하지 않는 사람이잖아."

그나마 안면이 있는 사람들은 말도 안 된다고 믿을 수 없어 했다.

그들과 대화하며 짐을 정리하고 있는 그때, 친구가 다급하게 기숙사 안으로 들어왔다.

"인혜야! 인혜야! 큰일 났어!"

막 트렁크의 뚜껑을 덮으려던 인혜가 의아한 표정으로 친구를 쳐다보았다.

"갑자기 왜? 너 아침조잖아?"

아침조로 출근해서 아직 일을 해야 하는 친구가 들어오자

인혜가 짐을 싸는 걸 도와주던 사람들은 어리둥절하게 그녀를 바라보았다.

"아니, 지금 우리 공장 돌리는 게 문제가 아니라니까. 라인 다 멈췄어!"

"뭐? 왜?"

"새론, 아니 노형진 변호사가 선전포고를 했거든."

"선전포고?"

그 말에 다들 당황해서 어리둥절한 모습을 보였다.

"응. 그래서 다들 TV에 붙어 있다고."

"그게 무슨 소리야?"

"이거…… 이거 봐 봐."

그녀가 내민 것은 다름 아닌 핸드폰이었다.

실시간 뉴스는 아니지만 누군가 빠르게 올린 뉴스가 그녀들의 눈에 들어왔다.

─모 기업에서 저희 의뢰인의 동생을 부당 해고한 사실을, 저희 새론에서는 지극히 심각하게 받아들이고 있습니다. 현재 해당 사건의 재판은 진행 중이며 헌법상의 무죄 추정의 원칙에 따라 어떠한 처벌 및 공격의 대상도 되어서는 안 됩니다. 하지만 해당 기업은 아직 확정되지 않은 죄에 대하여 명백하게 헌법에서 불법으로 막고 있는 연좌제를 적용, 부당한 해고를 하였습니다. 일개 기업이 대한민국 헌법의 상위에 있다는 사실에 저희 새론은 경악을 금치 못하였으며, 이

에 대한민국의 헌법 수호를 위해 해당 기업과 전면전을 치르기로 결정하였습니다. 저희 새론에서는 해당 기업을 사회적 악덕 기업으로 분류하여 불매운동을 비롯한 모든 수단을 동원해서라도 저항할 것입니다.

"불매운동?"
"이거 큰일 난 거 아냐?"
"난리 났다."
그도 그럴 게 노형진은 모든 수단을 쓴다고 했다.
문제는 이 공장 원덕전자가 핸드폰 부품 납품 업체라는 거다.
수많은 핸드폰 납품 업체 중 하나로, 하필이면 대룡그룹에 납품하는 공장이다.
그리고 노형진과 새론은 대룡그룹과 친밀한 것을 넘어서 아주 끈끈한 관계이니, 그들의 불매운동에 대한 의지를 대룡이 무시하지는 않을 거다.
부품이 독점적인 거라면 그나마 저항이라도 해 보겠지만, 원덕전자에서 제공하는 부품은 독점적인 기술력을 가진 제품도, 그렇다고 대체하지 못할 제품도 아니다.
대룡전자에서 소비하는 양의 20% 정도를 납품하는 큰 공장이기는 하지만 이를 반대로 말하면 80%는 다른 공장에서 돌린다는 뜻이니, 다른 곳에서 5% 정도씩만 커버해 준다면 원덕전자는 망한다는 소리가 된다.

그게 쉬운 건 아니지만 결코 불가능한 일도 아니기에 원덕 전자가 완전히 난리가 난 것.

노형진이 언급한 기업이 자신들이라는 걸 누구보다 잘 아니까.

"이게 무슨 소리야? 우리 회사가 망한다니?"

교대하러 온 사람들이 소식을 듣고 모여들자 점점 일이 커지기 시작했고, 곧 공장에서는 대혼란이 벌어졌다.

"무슨 일이야?"

"공장은?"

모여든 사람들은 서로 정보를 공유하며 곤혹스러움을 감추지 못했다.

"뭐 해? 당장 기숙사로 들어가! 안 들어가?"

그때 과장급 인물들 몇몇이 와서 모여든 직원들에게 돌아가라고 압박했다.

"서 과장님, 그럼 공장은 어떻게 해요? 일단 다시 출근해요?"

"당연히 출근해야지. 너, 그러고 보니 교대조잖아? 지금 여기서 뭐 해?"

"아니 그게, 공장이 멈춰서……."

"대기하더라도 일단 가서 대기해!"

"네."

갑작스러운 상황에 공장이 잠깐 멈춘 건 사실이지만, 모였던 직원들은 얌전히 다시 공장으로 향했다.

그들이 돌아간 후에 회의실로 모인 과장급 이상 인물들은 당혹감을 감추지 못했다.

일단 직원들은 해산시켰지만 회사의 미래가 시궁창에 처박혔으니까.

"이거 뭡니까? 어떻게 되는 거예요?"

"모르겠습니다."

"이건 남인혜 때문이죠? 이 개 같은 년 때문에 공장이…… 이이익!"

"아니, 입 좀 닥쳐요. 걔가 뭘 잘못했다고. 선 넘은 건 우리잖아요."

"지금 그년을 편들어 주는 겁니까?"

"그러면 그냥 전화 몇 통 받고 자르자고 지랄한 당신은 뭘 잘했다는 겁니까?"

"뭐요? 전화 몇 통? 당신이 받아 봐요! 업무 자체가 불가능할 정도로 전화가 오는데 그러면 어쩌란 말입니까?"

"그러면 전화기 선이라도 빼 두든가. 안 그래요? 변호사 말이 틀린 게 없잖아요."

판결이 난 것도 아니고 인혜가 피고인인 것도 아니다.

그런데 항의성 전화 몇 통 받더니 회사가 시끄러워지기 전에 잘라야 한다고 지랄 발광한 게 서 과장이었다.

"그거야 회사에 대한 충성으로다가……."

"두 번만 충성하다가는 회사 말아먹겠네. 아니다, 이미 말아 잡수셨네."

"아니, 진짜 보자 보자 하니까."

"지금 뭐 하자는 거야!"

그 순간 회의실 문이 열리면서 부장과 이사가 들어왔다.

"아, 이사님. 그, 대표님은 어디……?"

분명 긴급회의라고 과장급 이상은 모두 참석하라고 했는데 정작 대표가 없었다.

"대룡에 들어가셨다."

"대룡에요?"

"대룡에서 이번 납품 건만 상황을 좀 보자고 하더라."

"벼…… 벌써 말입니까?"

"언론에서 저런 걸 터트릴 정도라면 이미 교감이 끝난 거야. 무슨 의미인지 모르겠어?"

새론과 원덕전자의 중요도를 비교하면 아예 게임 자체가 안 된다.

새론은 대룡에 있어 단순한 로펌이나 법률적 파트너가 아니다.

미국 의료 사업의 중요 파트너이며 마이스터와 손잡기 위한 가장 핵심적인 고리다.

전 세계에 있는 대룡의 수출 라인 중 마이스터의 영향을 받지 않는 곳이 없다.

그런 곳과 원덕전자같이 작은 곳을 비교하면 답은 금방 나온다.

"……."

그 말에 서 과장은 침을 꿀꺽 삼키면서 온몸이 쭈그러들었다.

"미치겠네, 씨팔. 야, 인혜 좀 데려와 봐."

"네……."

결국 누군가가 어쩔 수 없이 남인혜를 데리러 갔다.

물론 그녀를 데려온다고 해서 문제가 해결되는 건 아니지만, 최소한 어떤 말이라도 해 볼 생각이었다.

최선은 그녀를 회유해서 일단 공격을 멈추게 하는 것.

그러나 그녀를 데리러 갔던 직원은 잠시 후 얼굴이 노래져서 다급하게 뛰어왔다.

"크…… 큰일 났습니다!"

"큰일? 무슨 큰일? 인혜는 어디 가고?"

"새론에서 차량이 와서 방금 태워 갔답니다."

"뭐? 새론에서?"

"네!"

유일하게 공격을 막을 수 있는 카드가 떠났다는 사실에 듣고 있던 모든 임직원들은 얼굴이 노래질 수밖에 없었다.

⚖

"이대로 떠나도 되는 건가요?"

남인혜는 얼떨떨하게 물었다.

새론에서 왔다는 여자 변호사가 신분증을 보여 주더니 다급하게 자신을 태우고 횡하니 회사를 나와 버렸으니까.

"아마도 원덕전자에서는 인혜 씨를 설득해서 없는 일로 만들려고 하겠지요."

사과도 좀 하고 월급도 좀 더 주고 그러면 남인혜는 남겠다고 할 가능성이 높고, 그녀가 남겠다고 하면 노형진과 새론은 원덕전자를 공격할 이유를 잃어버리게 된다.

"저는 그냥 평범하게 살고 싶어요."

"물론 그렇게 만들어 드릴 겁니다. 하지만 그놈들에게도 없던 일로 하게 해 줄 수는 없어요. 더군다나 지금 그들의 조건을 받아들여 남으시게 되면, 시간이 지난 뒤에 그놈들에게 무슨 짓을 당할지는 아무도 모르죠."

"……"

"가장 큰 문제는, 동료분들보다 더 많은 돈을 받기 시작하면 질시가 쏟아질 거라는 거예요."

여자들 사이의 질투와 시기는 쉽게 볼 만한 문제가 아니다.

지금이야 그녀가 피해자인 상황이라 안타깝게 봐 주겠지만, 똑같이 일하는 자신보다 더 많은 돈을 받는다는 걸 알게 되는 순간 질시를 하지 않을 수가 없다.

"그러니까 돈은 나중 문제죠. 사실 이제 돈은 중요한 것도 아니고."

"네? 저희는 그렇게 돈이 많지는 않은데요."

"아, 그건 나중 문제예요. 걱정하지 마세요."

변호사, 서세영이 웃으며 그녀를 다독거렸다.

"중요한 건 이제 누구도 두 분을 건드리지 못하게 할 거라는 거니까."

그러면서 속으로 뒷말을 삼켰다.

'그리고 우리도 말이지.'

원덕전자는 제법 큰 곳이다. 하지만 딱히 수익이 잘 나오는 곳은 아니었다.

사실상 대룡에서 나오는 수익이 80% 이상이라, 그게 사라지면 버틸 수가 없다.

"회장님을 한 번만 뵙게 해 주십시오. 네?"

"미안하네. 자네도 우리 규정을 알지 않나?"

담당 이사는 곤혹스러운 듯 말했다.

"이사님, 저희가 잘못했습니다. 제발 한 번만 기회를 주십시오."

"그건 내가 결정할 수 있는 일이 아니야. 더구나 자네가 선을 넘은 건 사실이고."

이사는 안쓰럽게 바라보았다.

"누차 말하지 않았나? 선을 넘지 말라고."

대룡이 가장 높이 여기는 가치가 바로 상생이다.

그렇기에 다른 대기업들과 다르게 단가 낮추기로 숨통을 조이지도 않았고 어음 날리기로 돈을 주지 않은 적도 없었다.

그래서 수많은 중소기업들이 대룡에 하청을 받으려고 했다. 대룡 역시 하청을 고르는 데 까다로웠고 말이다.

"우리한테 많은 혜택을 받으면서 정작 그걸 지키지 않으면 어쩌자는 건가? 그러면 우리 입장은?"

"저희가 원해서 그런 게 아닙니다. 진짜로요."

"글쎄. 그건 중요한 게 아니지."

중요한 건 억울한 피해자를 만들었다는 거다.

"하지만 그 사람은 살인마의 동생이지 않습니까?"

"증거 있나?"

"네?"

"증거 있냔 말일세. 노형진 변호사는 무죄라고 확신하고 있던데. 그런데 말이지, 노형진 변호사의 실력을 보면 나는 무죄라고 믿어도 된다고 생각하네."

변호사라서 믿는다기보다는 그의 정보력을 믿는 거지만 말이다.

'더군다나 가짜란 말이지.'

사실 대룡 입장에서야 노형진의 말만 믿고 무조건 편들어 줄 수는 없는 일이다.

하지만 노형진이 제시한 가능성은 분명 높은 편이었기에 무시할 수도 없었다.

"더군다나 우리 대룡은 피해자들을 구제하기 위해 재단도 운영한단 말이야."

그런데 그런 곳과 일하는 회사가, 직원에게 연좌제를 물어서 분란을 일으킨다면 손 놓고 있기도 애매하다.

"하지만 그랬다가 살인마라고 드러나면요?"

"일단 중요한 건 그게 아니지. 우리가 문제 삼는 건 연좌제니까. 더군다나 아까부터 살인마 살인마 하는데, 그 사람이 사람을 죽인 증거도 없는 데다가 설사 그게 진짜라고 해도 사고에 가까울 걸세. 음주 운전이니까. 그런데 살인마라는 건 맞는 말이 아니지."

이사는 혀를 끌끌 차면서 말했다.

"자네가 무슨 생각으로 그런 일을 했는지는 모르겠지만, 우리로서는 자네가 그런 짓을 하게 그냥 놔둘 수는 없다 이 말이네."

그 말에 원덕전자의 사장은 뭐라 말할 수가 없었다.

그런 그에게 이사는 더더욱 차가운 말을 내뱉었다.

"더군다나 자네가 그렇게 편협하게 사람을 내치는 사람이라면 더더욱 같이 갈 수는 없겠지."

"네? 서, 설마……."

최악의 상황, 최악의 가능성.

지금이야 추가 발주를 안 받는 정도로만 이야기가 나온 상황이지만 아예 발주를 멈추겠다고 하면 자신은 망할 수밖에 없다.

"어쩌겠나. 상대방이 상대방인데."

그제야 원덕전자의 사장은 다급하게 이사에게 매달렸다.

"제발! 자비를 보여 주십시오! 제발!"

"이미 늦었네."

"저희가 원해서 그런 게 아닙니다. 애초에 저희는 남인혜가 남도원의 동생이라는 사실조차도 몰랐단 말입니다!"

"그런데 왜 굳이 그녀를 잘랐단 말인가?"

"협박을 받았습니다. 진짜로요."

"협박?"

"네…… 흑흑흑…… 진짜로 협박을 받았습니다."

원덕전자의 사장은 눈물을 질질 흘리면서 자비를 구걸하기 위해 자신이 겪었던 일을 사실대로 말하기 시작했다.

⚖️

"내 이럴 줄 알았지."

"형, 알았으면 말을 해 주지 그러셨어요."

원덕전자가 남인혜를 자른 이유는, 수백 수천 명이 전화해서 살인마의 동생을 고용하고 있다는 이유로 망하고 싶느냐고 지랄 발광을 했기 때문이다.

한두 명도 아니고 수백 수천 명이 그 짓을 하니 원덕전자 입장에서는 귀찮음을 피하려고 그냥 간단하게 남인혜를 자르기로 결정한 것.

"뭐, 이런 짓을 한 놈들은 뻔하지만."

자칭 정의롭다고 주장하는 놈들. 그래서 법과 원칙을 무시하는 놈들일 거다.

물론 좋게 포장하면 나름의 사회적 정의를 위해 활동한다고 할 수 있지만 그건 그들 생각이고, 그들이 한 건 엄밀하게 말하면 '협박'이다.

"말을 하면? 원덕전자에서 그놈들에게 소송할 것 같아?"

노형진은 이사가 올린 보고서를 받으면서 혀를 끌끌 찼다.

"너도 사업하면서 배워야 할 거야. 말로 해야 하는 경우도 있지만 때로는 일단 힘을 보여 줘야 저쪽에서 굽히는 경우도 있어."

"지금이 그런 때라는 건가요?"

"그래."

노형진은 유영민에게 차분하게 말해 주었다.

본격적으로 후계 교육을 받고 있는 유영민은 아직 배울 게 너무나 많았으니까.

"그리고 말이야, 우리가 먼저 고소하라고 하면 분위기가 애매해지거든."

"분위기요?"

"회장님, 한마디 해 주시죠?"

"내가 말인가?"

"경험이 필요한 시점 아닙니까?"

"뭐, 그렇게 하지. 영민아."

유민택은 조용히 있다가 유영민을 불렀다.

확실히 할아버지로서, 그리고 대룡의 회장으로서 유영민에게 많은 걸 가르쳐야 하는 건 자신이니까.

"만일 우리가 먼저 원덕전자 사장에게 전화로 업무방해나 협박을 한 놈들을 고소하라고 했다면 어떻게 되었겠느냐?"

"그거야 당연히…… 아!"

그제야 유영민은 아차 싶었다.

그러면 사람들의 분노는 대룡으로 쏠리게 된다.

대룡은 대기업이고, 이미지 관리를 제법 오래 잘해 온 곳이다.

"그에 반해 노 변호사는 아니지."

애초에 처음부터 이미지에 신경 쓰지 않고 싸움을 시작한 게 노형진이고, 그의 압박에 못 이겨 원덕전자에서 소송전을 시작한다고 해도 신경 쓸 게 없다.

"누가 나를 욕한다고 해도 그건 그다지 중요한 게 아니지."

"때로는 욕받이 노릇도 하신다 이거군요."

"의외로 그런 변호사들은 많다. 당장 거대 로펌들은 그런

부분을 아예 업무의 일부로 생각하고 있고."

실제로 태양 로펌 역시 그런 부분을 업무 중 아주 큰 부분으로 생각한다.

"태양에서 하는 사건들을 생각해 봐. 위안부 할머니에 대한 소송 그리고 일본군 강제 노역 소송, 거기다가 백혈병 소송 등등. 얼마 전에는 정치인 아들내미 음주 운전 소송도 했지."

그런데 그들이 했던 소송은 전부 피해자가 아니라 가해자 측에서 한 사건들이다.

당연히 태양은 그런 것에 대해 전혀 창피함도 느끼지 않을 뿐더러 부끄러움도 못 느낀다.

"변호사가 자기 이미지를 생각해서 담당하는 사건을 고르기 시작하면 할 수 있는 사건은 엄청 줄어들거든."

"하지만 인권 변호사도 있잖아요."

"인권 변호사는 다른 줄 알아? 이겨야 인권 변호사지, 지면 그냥 범죄자를 옹호하는 놈이야."

예를 들어 누군가가 누명을 쓰고 감옥에 갔다고 치자.

그 누명을 벗겨 준다면, 그는 인권 변호사로 이름을 떨치게 될 거다.

하지만 지면?

그때는 그냥 살인마를 편들어 준 질 나쁜 변호사로 기억된다.

"그래서 내가 자칭 인권 변호사라는 사람들을 좋아하지 않고."

새론에서도 인권 팀을 운영했지만 한때 크게 부딪친 적도 있는 게 바로 그 부분이다.

인권 사건을 하기는 하되 자기 이미지를 지키는 선 위주로 사건을 받으려고 했기 때문이다.

물론 이제 그런 사람들은 아예 다른 로펌으로 나가고 지금의 인권 팀은 이미지보다는 사건의 진실에 집중하는 편이다.

"이번도 마찬가지지. 노 변호사 덕분에 우리 대룡을 욕하는 사람이 누가 있니?"

"그건 그러네요."

대룡에서는 헌법적 가치관을 어긴 기업과의 거래에 대해 생각해 보겠다고 한 거다.

엄밀하게 말하면 이건 대룡과 원덕전자의 싸움이 아니라 새론과 원덕전자의 싸움이다.

"그러면 이제 원덕전자를 통해 전화 협박한 놈들에게 모두 소송을 하시려고요?"

"해야지."

그들이 정의롭다고 주장하는 거? 물론 할 수는 있다.

대중 앞에 당당하게 나서서 말하는 건 나쁜 게 아니다.

그러나 익명성에 숨어서 협박을 통해 다른 사람에게 불법 행위를 시키는 건 정의가 아니다.

아직 죄가 증명되지는 않았으나 남도원을 의심해서 강력 처벌을 요구하는 거야 그들의 자유지만, 남인혜는 아무런 관련도 없는 제3자일 뿐이다.

"하지만 욕먹을 텐데요?"

"욕? 나야 먹겠지. 그런데 말이야, 욕먹는 게 나쁠까?"

노형진은 씩 하고 웃었다.

"사실 욕먹을 건 나뿐만이 아니지, 후후후. 원래 똥통에서 같이 구르려고 작정했다면, 가능하면 많은 이들을 끌어들이는 게 좋은 법이야."

"아니, 얼마나 끌어들이려고요?"

"대한민국."

노형진은 단호하게 말했다.

"그 정도는 끌어들여야 수지타산이 맞지 않겠어? 후후후."

원덕전자는 노형진과 대룡 그리고 새론에 손이 발이 되도록 빌 수밖에 없었다.

그들은 자기들이 협박에 굴해서 어쩔 수 없이 해직한 거라 주장하면서 자비를 청했다.

하지만 그 뒤에 이어진 이야기는 상상을 초월하는 규모였다.

"전화한 사람들을 다 고소하라고요?"

"전화한 사람들뿐 아니라 메일이든 뭐든, 어떤 식으로든 남인혜 씨를 자르라고 압박한 놈들은 전부 고소하세요."

"저희가요?"

"네. 그래야 저희도 귀사가 어쩔 수 없이 남인혜 씨를 해고했다는 걸 알 수 있죠. 아, 물론 남인혜 씨의 복직은 당연한 거고요. 그에 대한 손해배상도 포함해서요."

"그건 좀⋯⋯."

전화한 사람이 한둘이 아니다.

그들을 모두 소송하는 건, 아무리 원덕전자라고 해도 부담스러울 수밖에 없다.

"그러면 망하셔야지요, 뭐."

그가 꼬리를 만다고 해서 노형진이 봐줄 이유는 없었다.

"애초에 원덕전자는 그런 사람들과 전혀 상관없는 기업 아니던가요?"

"그거야⋯⋯ 그런데⋯⋯."

원덕전자가 거래하는 곳은 모두 기업이다.

즉, 이미지가 안 좋아진다 해도 시장에서 타격을 입을 일은 거의 없다.

실제로 그런 이유로 회장 사모님이 청부 살인에 연관되어 있던 곳도 떵떵거리면서 장사를 잘하기도 했다.

"더군다나 거래하는 곳은 대룡이죠."

인터넷 여론이 뭐라고 하든 대룡 눈치만 보면 된다는 아주 간단한 결론이다.

"더군다나, 사람들이 들고일어나 봐야 얼마나 갈 것 같습니까? 10년? 20년? 글쎄요, 3개월도 안 갈걸요."

그럴 수밖에 없다.

고소당한 사람들이 발끈하기는 하겠지만 먼저 선을 넘어서 전혀 상관없는 공격을 한 건 그들이고, 그 자체가 범죄니까.

"3개월만, 어차피 상관없는 사람들에게 욕먹으면 당신은 살 수 있죠."

노형진은 이어 잔인하게 미소를 지었다.

"물론 착하게 사시는 것도 방법입니다. 하지만 그러다 당신이 망한다고 해서, 과연 그들이 책임져 줄까요?"

"……."

노형진의 말이 맞다.

착한 일을 한답시고 남을 공개적으로 저격하는 사람은 차라리 양심적인 사람이다.

왜냐하면 공개적으로 저격한다는 것 자체가 본인이 책임질 거라는 의사를 보여 주는 행위니까.

실제로 모 연예인은 허위 사실에 휘둘려 제3자를 공개 저격했고, 그 후에 명예훼손 소송에서 지면서 적지 않은 돈을 배상함과 동시에 본인의 커리어도 끝장냈다.

'아마도 그 배우는 그게 자기 커리어를 끝장낼 거라는 생각은 못 했을 테지만.'

하지만 최소한 그는 공개적으로 저격하면서 자신을 드러냈다.

그러나 익명성에 숨어서 손해배상을 거부하는 놈들은 과

연 무슨 생각을 할까?

"알겠습니다. 그러면…… 그…… 소송을 어떻게 해야 합니까?"

다른 선택지가 없기에 원덕전자의 사장은 결국 그들에게 소송을 하기로 했다.

"명예훼손으로 해야 하나요?"

"아니요. 그건 남인혜 씨와 남도원 씨의 영역이죠."

남도원도, 남인혜도 재판이 끝나지도 않은 상황에서 살인이라는 죄를 뒤집어썼다. 그러니 이건 명백하게 명예훼손이다.

"회사에서는 협박으로 고소해야지요."

"협박요?"

"설마 전화한 놈들이 전화해서 정중하게 '남인혜 양을 해고해 주기 바랍니다.'라고 하지는 않았을 텐데요?"

그랬을 리가 없다. 그런 식으로 굴었다면 회사에서 굳이 남인혜를 자를 이유도 없었을 것이다.

온갖 협박과 욕설이 날아왔을 거다.

"그리고 그 사람들이 합의하자고 찾아오면 저희 쪽으로 연락 주시고요."

"네? 새론에요?"

"네. 어차피 그놈들도 결국 도구일 뿐이니까요."

노형진은 씩 하고 웃었다.

⚖️

　원덕전자에서 소송을 시작하자 그 소식은 빠르게 퍼지기 시작했다.

　물론 일부는 다급하게 인터넷에 항의하기도 했다. 하지만 반응은 그다지 좋지 않았다.

　-이런다고 용서할 것 같습니까? 원덕전자 불매할 겁니다!
　-바보냐? 원덕은 소비자 상품이 없는데?
　-원덕전자 반성하세요. 아직 기회는 있습니다.
　-큭큭큭, 쫄리죠?
　-엉뚱한 사람 물고 늘어져서 해고하라고 하더니 이제는 여기서 이러네?
　-이럴 시간에 반성문이라도 써서 보내라, 좀.

　대부분은 원덕전자의 소송 사실에 별 관심이 없었다.

　그도 그럴 게, 일반 대중의 생각에도 재판이 끝난 것도 아닌데 그 동생이 다니는 회사에 전화해서 자르라고 협박하는 건 범죄의 영역이었으니까.

　물론 살인이 나쁜 건 사실이고, 사회적으로 보면 알게 모르게 연좌제가 있는 것도 사실이다.

　하지만 그건 어디까지나 상대방이 죄인으로 확실하게 법

원의 결정이 났을 때의 이야기지, 아직 재판도 끝나지 않은 상황에서 연좌제부터 적용했다면 이는 결국 사람들의 눈에 범죄로 비칠 뿐이니까.

–원덕전자는 반성하세요. 아직 용서를 구할 기회가 있습니다. 불매운동이 무섭지 않습니까?

–아니, 그러니까 선 넘은 건 너희라니까.

인터넷에서는 그렇게 정반하장으로 도리어 목소리를 높이는 사람들이 있었지만, 일부는 겁을 잔뜩 집어먹고 있기도 했다.

"저희가 잘못했습니다. 제발…… 한 번만 봐주세요."

새론 내부를 가득 메우고 있는 사람들.

그들은 하나같이 남인혜를 자르라고 협박했던 사람들이었다.

"그러니까 왜 협박을 합니까? 도대체 남인혜 양의 인적 사항은 어디서 얻은 거예요?"

"인터넷 사이트에서 얻은 거예요."

"그걸 그냥 믿고 협박했다고요? 상식적으로 그게 말이 됩니까?"

노형진은 겉으로는 화내는 것처럼 굴었지만 머릿속은 복잡했다.

'예상대로네.'

누군가가 고의적으로 좌표를 찍은 거다.

물론 대부분의 사람들은 그걸 무시한다.

왜냐하면 그런 좌표를 찍는 행위에는 특정 목적이 있는 경우가 무척이나 많으니까.

설사 아니라고 해도, 연좌제가 나쁜 거라는 상식은 있으니까.

'하지만 이런 타입들은 의외로 쉽게 넘어가지.'

스스로가 똑똑하다고 생각하는 자들.

그리고 열등감이 있는 사람들.

그들은 진실 여부와 상관없이 좌표가 찍히면 몰려가서 물어뜯는다.

그렇게 함으로써 열등감을 감추고 스스로를 정의롭다고 포장하고 싶어 하기 때문이다.

'덕분에 일은 편하게 되겠지만.'

이런 타입들은 그다지 깊이 생각하지 않기에 노형진 입장에서는 컨트롤하기 쉽다.

"그 선동을 한 사람이 누군지나 알고 그런 겁니까?"

"……."

"인터넷에서 그 글을 쓴 사람이 당신 인생을 책임져 줍니까?"

"……."

"아니면 당신 형량을 대신 감옥에서 살아 줍니까?"

"죄송해요, 으허헝."

결국 감옥 이야기까지 나오자 눈물을 펑펑 흘리는 가해자들.

물론 이 정도 범죄로 감옥까지 보내는 것은 사실상 불가능하다.

'하지만 그렇다고 해서 보복 방법이 없는 건 아니지.'

노형진은 그걸 위해 이들을 이용할 생각이었다.

"일단 그곳에 누가 글을 올렸는지 말해 보세요. 증거 있으면 바로 제출하시고. 그러면 최대한 선처해 드릴 테니까."

노형진은 이어 목소리를 낮추고 음울하게 말했다.

"그러지 않으면 정말 감옥에 가셔야 할지도 모릅니다."

그 말에 가해자들은 눈물을 흘리면서 질질 짤 수밖에 없었다.

⚖️

"없는데."

"없지?"

"응. 그거 계정 도용된 것 같아."

서세영은 자료를 넘기며 말했다.

"주로 이용한 사이트가 로잔느랑 우리시대 그리고 열혈청춘인데."

"노린 거 맞네."

"어떻게 알아?"

"네가 말한 세 사이트가 선동이 좀 잘되는 사이트거든."

인터넷 사이트들에는 저마다 경향이라는 게 있다.

그리고 그런 경향에 따라 어떤 곳은 선동이 잘되고 어떤 곳은 잘되지 않는다.

실제로 그 글이 올라온 곳은 세 사이트 말고도 더 있었지만 유독 이 세 곳 출신이 많은 건, 다른 곳에 비해 상대적으로 선동이 잘되는 곳이기 때문이다.

"이미 글삭 하고 튀었을 테고."

"응."

"계정 주인은 전혀 모른 상황일 테고?"

"그런 것 같아."

"하긴, 그 사이트들 계정이야 공공재 취급이니까."

선거철이거나 이슈만 튀어나오면 온갖 선동 글로 넘치는 인터넷에서 계정을 구하는 거야 어려운 일이 아니다.

"그러면 이것도 전처럼 그 계정 주인들을 고소하려고?"

"응? 아, 그 정치 사건? 아니, 그건 안 해."

"응? 왜?"

"의미가 없거든."

정치적 사건의 경우 지속적 선동이라는 목적성이 있기에, 계정 주인들에게 고소와 고발을 진행하도록 압박하면 도용자들이 계정을 상실하게 되는 건 당연하고 이후 인터넷에서 표적을 공격하는 다른 이들이 추가로 등장했을 때 그들도 선동용 해킹 계정이라고 주장할 수 있는 근거를 얻게 된다.

"그때는 그게 가능했지."

"맞아. 나도 그거 봤어."

그래서 송정한을 비롯해서 소위 사보타주를 하려고 하는 선동성 계정을 무차별 고소함으로써 허위 사실 유포를 막는 건 노형진의 주특기 중 하나였다.

"하지만 이건 단발성 목적을 가지고 있는 거거든. 이미 목적을 이뤘고, 그러니까 용도를 다했지."

"그러면 이걸 고소해 봐야 의미가 없구나."

"맞아."

엄밀하게 말하면 계정을 해킹당한 사람도 피해자이니 그가 고소를 따로 할 수야 있겠지만, 추적 등은 사실상 불가능할 거다.

경찰이 그렇게 열심히 일하지도 않거니와, 작심하고 노린 거라면 애초에 IP 같은 걸로 추적당할 수 있게 하지도 않았을 테니까.

"그러니까 사실 그 사람들을 이용해서 소송한다고 해도 바뀌는 건 거의 없지."

"그러면 뭘 어쩌려고? 이제 와서 그냥 용서하려고?"

"아, 물론 그건 아니지. 손해배상은 따로 받아야 하고."

손해배상도 없이 용서한다?

그러면 사람들은 대부분 '재수 없어서 걸렸다.'라는 생각을 한다.

왜냐하면 본인에게 직접적인 피해가 없기 때문이다.

진짜 아주 다급한 상황이라서 배상할 능력이 안 된다면 모를까, 능력이 된다면 배상을 받아 내야 나중에 '내가 멍청한 짓을 하면 나한테도 피해가 온다.'라는 사실을 배우고 다시는 그런 짓을 하지 않게 된다.

"선동은 그놈들만 할 수 있는 게 아니거든. 솔직히 말해서 선동이라고 하면 나도 빠지지 않지."

"빠지긴. 한국에서 오빠만큼 그런 거 잘하는 사람이 얼마나 되겠어?"

"흐흐흐흐, 그건 그렇지."

노형진이 여론 선동으로 해결한 사건이 한두 개가 아니다.

내로남불이라고 누군가는 욕할지 모르지만, 저쪽에서는 이기기 위해 더러운 짓도 서슴지 않는데 이쪽은 올바르고 정의로운 방법만을 고집하면서 이기는 건 불가능하다.

그랬기에 노형진은 그러한 선동과 공격에 대해 많은 공부를 했고, 실제로 그들 이상으로 실력이 좋았다.

"그러니까 나도 선동해야지."

"하지만 이 상황에서 선동해 봐야 무슨 의미가 있어? 집단 반성문이라도 써서 올리게?"

확실히 그런 거라면 겁먹은 사람들이 더 이상 헛소리는 안 할 거다.

"하지만 그건 단기 처방이지. 장기 처방할 거야."

"장기 처방?"

"이 선동의 시작점이 어디야?"

"태양이겠지."

"그리고 그다음은?"

"언론사지?"

"그래. 그러니까 이번에는 언론사를 노릴 거야."

"뭐?"

그 말에 서세영은 깜짝 놀랐다.

물론 언론사와 노형진이 숱하게 싸운 건 사실이다. 하지만 이번에는 그게 불가능하다.

"피의 사실 공표죄로 고소하려고? 오빠, 그거 완전히 죽은 법인 건 알지? 그리고 기자라니? 그게 돼?"

피의 사실 공표죄.

경찰 또는 검찰에서 범죄가 확정되지 않은 피의자의 범죄 사실을 외부로 공표하는 경우 처벌하는 죄를 의미한다.

하지만 이 법이 만들어진 후 그걸로 처벌받은 사람은 단 한 명도 없다.

"당연히 알지. 내가 그걸 모르겠어?"

당연한 게, 한국은 수사권과 기소권을 경찰과 검찰이 쥐고 있다 보니 그들에게 스스로 저지른 범죄에 대해 처벌하라고 해 봤자 살인마에게 스스로의 양심에 맞게 자신의 살인죄를 처벌하라는 꼴밖에 안 되기 때문이다.

그래서 경찰과 검찰은 마음대로 죄를 공표하고, 정치적으로 수틀리면 사회적으로 매장하기 위해 없는 죄를 만들어 내기도 했다.

실제로 검찰이나 경찰의 행동을 보면 없는 죄를 일단 떠든 다음 기소에 실패하는 경우가 무척이나 많다.

"그러니까 그걸 막아야지."

"이해가 안 가는데. 알면서 그걸 막겠다고? 그건 못 막아, 오빠."

피의 사실 공표죄는 거의 모든 국민이 알고 있는 죄이고 실제로 피해자들이 수십 년 동안 계속 고소했던 범죄이기도 하다.

하지만 그걸 알면서도 검찰과 경찰은 단 한 번도 기소한 적이 없다.

왜냐하면, 자신들이 가진 권력의 핵심 중 하나니까.

"그러니까 기자들을 족쳐야지."

"하지만 어떻게?"

"선동죄로."

그 말에 서세영은 이해할 수가 없다는 표정이 되었다.

이제 책임 없는 선동은 없다

선동죄.

사실 선동죄라는 건 없다.

정확하게 표현하자면 대한민국에서 선동으로 처벌하는 건 내란 선동죄뿐이다.

"선동죄가 뭔지 몰라서 말한 건 아니지?"

심지어 김성식조차도 이해가 되지 않아서 노형진에게 되물을 정도였다.

"알고 있습니다. 범죄를 저지를 생각을 선동해서 범죄를 저지르도록 유도하는 죄 아닙니까?"

"그래, 그렇지. 그런데 한국에서는 내란 선동죄 말고는 인정하지 않는 것도 알지?"

"네."

"그런데 선동죄로 기자들을 처벌한다고?"

법에 처벌 규정이 없으면 처벌할 수 없다.

한국은 성문법 국가라 그게 기본이다.

"아, 물론 법적으로 보면 그렇죠. 하지만 그건 어디까지나 형법 아닙니까? 민법적으로는 가능하죠."

"민법적? 손해배상 청구하려고?"

"네. 아, 물론 처음에는 무조건 고소 넣을 겁니다."

"뭐로 말인가?"

"피의 사실 공표죄의 공범으로요."

노형진의 말에 다들 또다시 고개를 갸웃했다.

이해가 가지 않았으니까.

"피의 사실 공표죄로는 처벌이 이루어지지 않네."

"알고 있습니다. 당연히 기자들을 고소해도 경찰이나 검찰은 신경도 쓰지 않겠죠."

왜냐하면 공범이 되기 위해서는 정범, 즉 실제 그 범죄를 저지른 놈이 인정되어야 하기 때문이다.

구조적으로 정범이 없는 상황에서 공범만 처벌하는 건 불가능하다.

물론 종종 검찰에서는 정범은 없지만 공범은 있다는 괴상한 논리로 정치적 판단을 하기도 하지만, 그것과 별개로 법적으로 정범 없는 공범은 존재할 수가 없다.

"중요한 건 그거죠. 어찌 되었건 고소를 할 수 있다, 그리고 그걸 검찰이 수사를 안 할 뿐이다."

"확실히 그러면 민사소송의 대상은 되는군."

왜냐하면 민사소송의 경우는 형사와는 별개로 이루어지니까.

"하지만 그래도 처벌은 안 받잖아?"

"정치판에는 이런 말이 있지. 메시지를 공격할 수 없다면 메신저를 공격하라. 이 사건에서 메신저는 누구야?"

실제로 정치권에서는 그런 짓을 많이 한다.

어떤 주장이 기득권과 충돌할 경우, 그때는 그 주장 자체가 아니라 그 주장을 하거나 거기에 동조하는 사람을 공격하는 것이다.

예를 들어 아버지도 유전자 검사 후 단독적으로라도 출생신고를 할 수 있도록 법을 고쳐야 한다고 누군가 주장한 경우, 반대하는 사람들은 그 아버지가 비정상적인 사회성을 가진 사람이면 어쩌냐는 식으로 대응한다.

상식적으로 인간의 정상과 비정상은 남녀의 영역이 아니라 개인의 영역이고 자식을 자신의 호적으로 출생신고를 해서 키우려는 아버지가 비정상일 가능성은 없지만, 반대를 위한 반대를 하는 놈들은 그런 말도 안 되는 주장을 당당하게 펼치는 것이다.

아이의 출생신고라는 게 생존이라는 문제와 결부되어 있기 때문에 대놓고 반대는 못 하고 그 대신에 메신저, 즉 아버지를 공격하는 거다.

"기자지."

"그래. 물론 기자들을 공격하면 검찰에서는 그들을 지켜 주지 않겠지. 하지만, 기자들이 관련 소송 중인 상황에서 다시 비슷한 사건을 취재할 일이 생긴다면 과연 취재하겠어?"

"어?"

"사회적 재갈을 정치꾼들에게만 물릴 수 있을 거라고 생각하면 안 되지."

이미 노형진은 허위 기사를 이유로 언론사들을 공격했고, 그로 인해 수많은 기자들이 그 압박에 결국 자살까지 선택해야 했다.

노형진은 기자들에게 있어 공포의 대상이며 동시에 저항할 수 없는 거대 악이다.

"한국의 기자들은 권력 앞에서는 너무 쉽게 무릎을 꿇거든."

노형진은 자신 있게 말했다.

"누가 위인지 한번 보여 줘야지, 후후후."

⚖️

노형진은 담당 검사 맹사운을 피의 사실 공표죄로 고소할 생각이었다.

물론 검찰에서 절대로 그걸로 수사할 리가 없다는 건 안다.

그래서 다른 방법으로 먼저 그들을 압박하기 시작했다.

-저희는 선동당한 겁니다.

로잔느, 우리시대, 열혈청춘. 이 세 곳의 가해자들은 노형진에게 홀랑 속았다.

-언론에서는 그들이 표적이라고, 그들이 범죄자라고 떠들었고, 저희는 그 말을 믿었습니다. 하지만 그 말은 거짓이었습니다. 그로 인해 소송을 하게 되었고, 막대한 손해배상을 하게 되었습니다. 저희는 사회적 정의를 지키고자 했습니다. 하지만 언론은 자신들의 이권을 지키기 위해 표적을 정해 저희를 선동하여 공격하게 만들었습니다. 그들은 언론의자유를 말하고 있지만 그들이 말하는 자유가 이제 권력이 되었습니다.

방송에서 억울함을 주장하는 가해자들의 모습을 보면서 노형진은 싱글벙글 웃었다.

"와, 슬쩍 밀어주는 것만으로도 저렇게 움직이네?"

"자기들은 억울하다고 생각하거든. 본성은 어디 가지 않으니까."

저들은 선동당하기 쉬운 성격이다.

노형진은 그들에게 '당신들은 언론에 선동당한 피해자다.

애석하지만 언론이 당신들을 이용했다. 그랬기에 우리는 도와줄 수 있는 게 없다.'라고 이야기했다.

"그러니까 저들 입장에서는 억울하거든."

반성? 물론 반성도 하겠지만, 인간은 외부의 적을 미워하는 데 더 익숙하다.

그런데 노형진과, 피해자인 남도원과 남인혜 남매는 무서워서 공격할 수가 없다.

그러면 다른 누군가를 찾아야 한다.

"더군다나 언론에서 선동한 것도 사실이고."

"하긴, 언론이라는 새끼들이 하는 말을 보면 진짜 구역질이 나."

종종 사회에서 전혀 본 적이 없는 뜬금없는 말이 튀어나오는 경우가 있다.

신조어란 세태를 반영하며 특정 상황 등을 표현하는 말이지만, 기자들이 이슈를 빨아먹거나 갈등을 부추기기 위해 고의적으로 만들어 내기도 한다.

당장 벼락 거지라는 말도 거의 쓰지 않는 말이지만 언론에서 당장 집을 사지 않으면 너희는 망한다고 세뇌 중이다.

'얼마 후면 대폭락이 시작되지만.'

노형진 역시 그 사실을 알기에 이미 최고점에서 부동산 정리를 하고 있는 상황.

그럼에도 불구하고 언론에서는 벼락 거지라고 떠들면서

당장 집을 사지 않으면 병신이라는 논조로 떠든다.

그들이 그러는 이유는 간단하다. 부동산 기업에서 받은 돈이 있기 때문이다.

심지어 노형진이 피해를 줄여 보자고 마이스터와 미다스 명의로 대폭락이 얼마 남지 않았다고 경고까지 해 줬는데, 언론에서는 '이제 미다스 감 죽었다. 가즈아~.'라고 떠들어 댔다.

"요즘은 뭐, 이상한 얘기를 떠들던데. 학교 관련이었는데……."

"출석 거지 말이지?"

서세영이 그게 뭔지 기억해 내지 못하는 듯하자 진즉에 알아차린 노형진이 바로 말해 줬다.

"아, 맞다. 출석 거지. 아니, 장난해? 언제부터 학교 가는 게 거지들이나 하는 짓거리가 된 거야?"

"그러니 말이다."

출석 거지는 초등학교의 경우에 외부 수업이나 다른 사유, 즉 가족 여행 등으로 결석계를 내고 학교를 빠질 수 있는데 그러지 않고 꼬박꼬박 출석하는 아이들을 거지새끼라고 놀리는 용어다.

그런데 어디에서도 그런 말이 쓰인 적은 없었다.

학교에 가는 건 학생의 본분이니까.

결석이 특수한 경우지.

그런데 언론에서는 사회적 분란을 야기할 목적으로 뜬금없이 출석 거지라는 단어를 만들어 내서 놀러 다니지도 못하는 거지들이 있다는 식으로 떠들기 시작했다.

물론 겉으로는 사회적 구분이 없어져야 한다지만 정작 그런 식으로 가짜 이슈를 만드는 게 현재 언론의 방법이었다.

"이제 그 짓을 못 하게 막아야지."

노형진은 느긋하게 뉴스를 보면서 말했다.

"하지만 저들이 저렇게 떠든다고 해서 이슈화될까?"

"될 수밖에 없지. 왜 저 세 곳이 주요 표적이겠어?"

쉽게 선동된다.

그 말은, 역으로 그 세 곳만 통제할 수 있다면 여론전을 쉽게 컨트롤할 수 있다는 뜻이기도 했다.

"더군다나 나뿐만 아니라 수많은 사람들이 언론이 일종의 좌표 찍기를 하고 있다는 걸 모르지 않거든."

국민의 알 권리? 물론 그게 인정되기는 한다.

하지만 그건 어디까지나 공정한 규칙 아래에서 이루어져야 한다.

"얼마 전 국회의원 아들내미 사건이 일어났을 때는 조용히 입 닥치고 있던 놈들이 과연 공정하다는 평가를 받을 수 있을까?"

노형진은 자신 있게 말했다.

"당연히 안 될걸. 이제 내가 양념까지 들이붓는다면 더더욱 곤란해지겠지, 후후후."

노형진이 말한 양념은 다름 아닌 맹사운에 대한 피의 사실 공표죄 고소였다.

물론 맹사운 입장에서는 억울해서 미칠 노릇이었다.

자신이 피의 사실을 공표한 게 아니니까.

그는 노형진이 어떤 인간인지 너무나 잘 알고 있었기에, 최선은 다했지만 노형진과 전면전을 할 생각은 조금도 없었다.

"아빠, 도대체 뭔 짓을 한 거예요!"

"아니, 이게……."

맹사운의 아버지는 일이 생각과 다르게 굴러가자 당혹감을 감출 수가 없었다.

"이게 말이다……."

"제가 노 변호사는 건들지 말자고 했잖아요!"

"내가 다 너를 도와주려고……."

"도와줘요? 지금 제가 어떤 상황인지 몰라서 그래요?"

얼마 전까지만 해도 같은 파벌이라며 친하게 지내자던 놈들이 하나둘 손절하기 시작했고, 일부는 아예 검찰청에서 마주쳐도 모른 척했다.

"그래도 별일 없을 거야. 너도 알잖냐. 공표죄는 처벌 안 해."

"애초에 제가 공표한 게 아니잖아요!"

실제로 대법원의 판결 중에는 피의 사실 공표죄에 대해 단순 의견 수준의 발언이라면 공표라 볼 수 없다고 판단한 것도 있기에, 공표죄가 인정되려면 거창하게 기자회견이라도 해야 한다.

"하지만 중요한 건 그게 아니잖아요!"

문제는 고소당했다는 거고, 자신이 노형진의 표적이 되었다는 거다.

"거기다가 지금 인터넷 분위기가 어떤지 아세요?"

"인터넷?"

"죄다 제 이야기를 하고 있다고요, 지금!"

아무리 기자들이 능력이 좋아도 없는 죄를 만들어 낼 수는 없다. 최소한 현재 법상 소스가 있어야 기사화할 수 있다.

그런데 그 소스가 누군지 말을 하지 않았다고 해서 사람들이 모를까?

물론 이번에는 소스가 검사인 맹사운이 아니라 그의 아버지이기는 하지만, 사람들이 봤을 때는 맹사운이 정보를 흘린 것으로밖에 보이지 않았다.

"그 때문에 눈총이 장난 아니라고요!"

"크험……."

검찰청 입장에서도 아무리 팔이 안으로 굽어서 맹사운을 기소하지는 않는다 해도 그런 모습까지 좋게 볼 수는 없다.

이런 여론전은 검찰 내부에서도 꼭 필요할 때만 쓰는 하나의 카드다.

검찰도 국민의 알 권리라고 주장하고는 있지만 피의 사실 공개가 불법인 건 알고 있고, 설사 그렇지 않다 하더라도 모든 사건에서 검사가 단독적으로 여론전을 하면 사람들이 쉽게 지쳐서 관심이 시들해지기 때문이다.

실제로 새론과 손잡은 스타 검사들도 정말 여론전이 필요한 경우가 아니고서야 섣불리 정보를 흘리거나 여론에 공표하지 않는 게 일반적이다.

"그런데 전……. 아, 진짜 미치겠네."

그런데 파벌도 제대로 없는 평검사 새끼가 위와는 아무런 이야기도 없이 여론전을 걸었다는 사실에 상부에서는 불편하다는 감정을 여과 없이 드러냈다.

'이게 아닌데…….'

상황이 이상하게 굴러가자 맹사운의 아버지는 입술이 바짝바짝 말랐다.

자신이 이런 일을 벌인 건 노형진을 꺾음으로써 아들의 커리어를 밝게 빛나게 해 주기 위해서였다.

그런데 도리어 노형진에게 점점 잡아먹히고 있는 상황.

"이길 수 있다고 하지 않았느냐? 그, 번호판이 찍혔다면서."

"그랬죠. 그런데 이번에 답변서 보니까 가짜 번호판일 가능성도 있대요."

"가짜 번호판?"

"실제로 같이 제출한 각종 과태료 미납 내역을 보면 그 가능성을 부정할 수가 없고요."

"그, 그럼……."

그 말에 맹사운의 아버지의 얼굴이 노래졌다.

만일 그게 진실이라면 자신의 손으로 아들의 커리어를 박살 낸 게 된다.

성공하면 이슈를 빨아먹으며 유명해질 수 있지만 실패하면 자기 혼자 설레발치다가 검찰의 얼굴에 똥칠한 셈이니까.

"하지만 증명할 수는 없잖아?"

"그건 모르죠."

다른 사람도 아닌 노형진이다.

다른 변호사처럼 느긋하게 사무실에 앉아서 의뢰인이 가져오는 증거를 분석하기만 하는 사람이 아니라 두 발로 뛰면서 증거를 찾아오는 사람이 바로 노형진이다.

"어…… 젠장."

그 말에 맹사운의 아버지는 아차 싶었다.

'이러면 안 되는데.'

아들을 법조계에 입성시키기 위해 얼마나 노력했던가.

아들을 검사로 만들기 위해 얼마나 많은 뇌물을 뿌렸던가.

태양에서는 검찰 내부에 새론의 스타 검사들과 같은 시스템을 만들기 위해 어마어마한 뇌물을 뿌리고 있기에, 그 또

한 그 안에 아들을 넣기 위해 무던하게도 노력했다.

그런데 그 모든 게 실패한다고?

'그럴 수는 없어.'

그는 고개를 흔들어서 정신을 일깨웠다.

"일단은 무조건 모른다고 잡아떼. 어차피 검찰에서는 처벌하지 않을 거 아니야?"

"그건 그런데……."

"그러니까 모른다고 잡아떼! 그리고 무조건 선동이라고 몰아붙이고."

"네, 아빠."

"그리고 어떻게 해서든, 죄를 만들어서라도 뒤집어씌워."

"누구한테요?"

"남도원 그 새끼지, 누구긴 누구야!"

만일 여기서 남도원이 무죄까지 나온다?

그러면 정말로 상황은 걷잡을 수 없게 변할 수도 있다.

'그렇게 둘 수는 없어.'

머릿속에 온갖 안 좋은 생각이 떠돌았지만 그는 애써 머리를 흔들며 현실을 부정하려고 노력했다.

⚖️

노형진의 사무실 안.

인터넷 여론을 살피던 노형진은 피식하고 웃었다.

"눈을 감고 귀를 막은 채 부정한다고 해서 현실이 바뀌지는 않지."

"그렇기는 하네."

노형진이 맹사운과 관련 경찰들을 피의 사실 공표죄로 분명 고소했음에도 경찰과 검찰에서는 묵묵부답, 철저하게 무시로 일관하고 있다.

"하지만 동시에 여론은 장난이 아니란 말이지."

"의외네. 세 사이트가 집중해서 한 곳을 공격하는 게 흔한 일이 아닌데."

"그건 그렇지."

노형진이 선동에 이용한 세 곳은 워낙 성향이 달라서, 힘을 합쳐 뭔가를 하는 경우는 거의 없다고 봐도 무방하다.

정치적으로도 사회적으로도 완전히 다른 집단은 서로 어울리기 힘드니까.

하물며 그들 중 일부는 서로 반목하는 느낌에 가까워서 더더욱 그랬다.

"하지만 이번에는 내부자들이 함께 묶인 상황이거든."

"내부자들?"

"언론의 선동을 덥석 물어서 고소당할 지경까지 간 사람들은 보통 그런 사이트에서 적극적으로 활동하는 타입이거든. 뭐랄까, 커뮤니티 내부에서 적극적으로 활동하면서 친목을

나누는 타입이랄까?"

"아하!"

실제로 커뮤니티마다 각자 친목 라인이 있다.

그리고 현실에서보다 커뮤니티에서 더더욱 열심히 활동하는 사람들은 그 공허감을 감추기 위해 커뮤니티 내부에서 친목질을 하는 경우가 많고, 선동적으로 여론을 만들기도 한다.

"다른 사람이 글을 한 개 올리는 동안 그들은 열 개씩 올리니까."

당연히 그들은 대세가 되고 여론이 되며 주류가 된다.

"한 줌도 안 되는 그들이 자체적인 정의에 목매는 이유도 그렇고."

"하긴, 인터넷 여론은 소수가 다수를 이끄는 형태니까."

"인터넷만 그러냐?"

누군가가 선동하고 대다수가 따라간다.

그게 여론의 핵심이다.

"그런데 그 선동을 하던 사람들이 방향을 바꿨으니 기자 입장에서는 미칠 노릇이겠지."

기자에게 있어서 가장 강력한 라이벌은 누구일까?

그건 다름 아닌 인터넷이다.

인터넷이 없던 시절, 여론 선동은 기자들의 독점적 권리였다.

하지만 인터넷이 생긴 후에 그러한 권리를 양분해야 했고, 그 때문에 기자들 중에는 과거에 여론전이 가능했던 인터넷

없는 시절을 그리워하는 사람들도 많다.

"이런 건 언론에서 떠들지 않는다 해도 감춰질 리가 없거든."

"의외로 언론에서도 떠들던데. 왜 그럴까?"

"데스크가 박살 난 게 뭐 어디 하루 이틀 문제냐?"

원래 과거에는 언론의 데스크에서 올라오는 기사의 질을 평가했다. 그래서 질이 안 좋은 기사는 탈락시키고 중요한 뉴스만 신문이나 방송에 내보냈다.

방송 시간도, 신문의 페이지에도 한계가 있으니까.

"하지만 인터넷은 아니니까."

그렇다 보니 속보가 더 중요해지고 검증 시스템은 박살 난 지 오래.

물론 정치적 사건이나 금전적 사건들은 여전히 권력을 가진 데스크에서 통제하지만, 그렇지 않은 인터넷 가십들은 알바 기자들을 고용해서 대충 써서 확인도 없이 바로 올라간다.

"그런 기자들은 인터넷에 호의적이지."

가만히 있어도 떠먹여 주는 뉴스들을 계속 만들어 내니까.

"그리고 그런 사람들은 나이가 어린 기자들이 많거든."

"그게 상관있어?"

"상관있지. 인터넷 여론에 대한 거부감이 적으니까."

건당 2만 원이나 3만 원쯤 받아서 인터넷 여론을 적어 올리는 것만으로도 매달 수백만 원을 벌 수 있으니 그들이 인터넷을 싫어할 리가 없다.

"그리고 엄밀하게 말하면 이건 사건 사고가 아니라 가십에 들어가는 영역이고."

당연히 신나게 인터넷에 있는 글을 옮겨서 알바 기사를 날리기 시작했고, 어느 순간부터인가 인터넷 여론은 사람들의 여론이 되어 가고 있었다.

"거기다가 검찰의 피의 사실 공표죄에 대해 대부분의 사람들은 알아. 절대 모르지 않지."

다만 딱히 불만을 터트릴 창구가 없었을 뿐이다.

"하지만 이제 생겼지."

"그걸 옮긴 기자들 말이지?"

"맞아."

피의 사실 공표죄의 판결에 따르면 단순 수다나 대화 정도가 아니라 제대로 된 언론과의 인터뷰 또는 기자회견으로 사건을 터트려야 죄가 성립된다.

"반대로 말하면 그걸 도와주는 사람들이 있다는 거지. 바로 기자들."

그들은 피의 사실 공표죄를 저지를 수는 없지만 실질적으로 정보를 전달한 책임은 있다.

"형사적으로는 안전할지 모르지만 민사적으로는 분명히 책임을 면할 수가 없단 말이지."

더군다나 기자쯤 되는 놈들이 과연 피의 사실 공표죄를 모를까? 그럴 리가 없다.

"이제 그 책임을 물어야지, 후후후."

노형진은 세 사이트의 사람들을 모아서 기자들에게 선동과 피의 사실 공표에 대한 민사적 배상 책임을 물었다.

그렇잖아도 자신들이 감옥에 가게 될 거라 생각해서 벌벌 떨고 있던 인터넷의 선동꾼들과 보복 주의자들은 노형진의 말을 거부할 수 없었다.

자신들이 선동당한 피해자라는 걸 증명한다면 그에 대한 책임을 면하게 해 준다는데 그걸 어떻게 거절한단 말인가?

"아니, 이건 아니죠."

당연하게도 언론에서는 거품을 물었다.

그리고 언론의 노조위원장 배기박이 노형진과 협상하기 위해 다급하게 달려왔다.

"그러니까 그걸 전달하지 말았어야죠."

"우리는 국민의 알 권리를 위해서 보도한 것뿐입니다."

"국민의 알 권리라……."

그 말에 노형진은 피식 웃었다.

'왜 그 말이 안 나오나 했다.'

이런 비슷한 문제가 터져 나올 때마다 나오는 말이 바로 이거다. 국민의 알 권리.

'뭐, 그게 나쁜 건 아닌데.'

노형진이 국민의 알 권리를 부정하는 건 아니다.

도리어 그게 민주주의의 핵심이라는 걸 알기에 옹호하는 편이다.

'하지만 한국의 언론은 국민의 알 권리에 그다지 관심이 없단 말이지.'

정확하게는 이권과 관련된, 진짜 삶에 중요한 이야기는 쏙 빼고 가십과 소문에만 집중한다.

어떤 정치인이 뇌물을 받았다거나 범죄를 저질렀다거나 하는 이야기는 전혀 하지 않고, 자신들이 건드려도 문제없는 사람들만 건드리려고 하는 것이 한국 언론의 습성이었다.

"그렇게 언론의자유를 외치는 분들이 얼마 전 국회의원 아들내미 사건은 왜 안 내보내셨습니까?"

"아니 그건, 그게……."

아무리 국회의원 아들내미라고 해도 언론에서 물어뜯었다면, 사람을 음주 운전으로 밀어 버리고 뺑소니까지 저질렀는데도 처벌을 면할 수는 없었을 것이다.

하지만 언론은 침묵을 지켰고, 그래서 그는 집행유예로 풀려날 수 있었다.

"그 당시에 보도한 게 코리아 타임라인뿐이죠?"

"맞습니다."

동석한 코리아 타임라인 기자가 고개를 끄덕거렸다.

그마저도 코리아 타임라인이 보도해서 그나마 알려진 거지, 그러지 않았다면 국회의원 아들내미의 음주 운전 사건은 아마 없는 일처럼 되어 버렸을 거다.

"그거야 합의된 사항이고……."

"우리는 아직 죄가 증명된 것도 아니죠. 무죄 추정의 원칙 모릅니까?"

"……검찰에서 번호판까지 찍혀 있다고 하니까."

그 말에 노형진은 속으로 씩 웃었다.

'물었다.'

노형진이 이런 소송을 한 이유는 단순히 그들이 떠든 것에 대해 책임을 묻기 위해서가 아니다.

"검찰에서 그렇게 말했다 이거군요?"

"네?"

"그 사건을 담당하는 맹사운 검사가 떠든 거 맞죠?"

"아…… 아닙니다!"

맹사운이 이 사건 담당 검사이니 떠든 사람은 당연히 그일 수밖에 없다.

그게 노형진의 주장이었다.

하지만 그 말에 배기박은 찔끔했다.

왜냐하면 맹사운은 그들에게 있어서 보호 대상이기 때문이다.

"아닙니다. 전혀 모릅니다, 그분은."

"그분?"

"아, 그게요. 그러니까 그 검사가 흘린 게 아니다 이거죠."

"아하! 그러면 제3자에게 들었다? 검증은요?"

"네?"

"검증하셨습니까?"

"거…… 검증요?"

"아니, 기사를 쓰려면 검증을 하셔야지요. 상식 아닙니까?"

배기박은 점점 엮여 들어가는 느낌에 등골이 서늘해지기 시작했지만 말을 할 수가 없었다.

"검증은…… 그게……."

"그러니까 번호판이 찍혔다는 정보는 누구한테 얻은 겁니까?"

"말 못 합니다. 취재원의 보호를 위해서라도."

"그래요? 그러면 누구한테 들었는지도 말 못 하고 그게 정확한 정보인지도 모르는데 그냥 떠든 거다?"

노형진은 몸을 그에게 스윽 기대며 말했다.

"우리는 말입니다, 그걸 '허위 사실 유포'라고 한답니다."

"우리가 거짓말한 게 아니지 않습니까!"

"검사가 관련 증거를 넘긴 적이 없다면서요?"

"그, 그게……."

그건 사실이다.

바로 여기서부터 문제가 생기기 시작했다.

"누가 정보를 넘겼는지는 말할 수 없지만 검사는 아니다.

그리고 검증은 못 했다. 그 말은, 그 차량 번호가 찍혔다는 것 자체가 사실인지도 확신할 수 없다는 거네요?"

"······."

"그러면 그건 허위 사실이 될 테고요."

'이런 씨팔.'

그 말에 배기박은 심장이 벌렁거렸다.

'담당 검사 아버지한테 받았다고 하면······.'

변호사가 검찰의 정보를 빼돌려 외부에 터트리는 행위는 검찰 내부에서도 안 좋게 본다.

새론과 스타 검사가 같이 일할 수 있는 것도 어디까지나 외부 업체와 협업이 가능하도록 법이 바뀌면서 그 법에 따른 것일 뿐이고, 몰래 정보를 빼돌리는 행위는 법조계에서도 심각하게 받아들인다.

물론 인맥도 있고 서로 알음알음 알고 지내는 판이다 보니 아주 간혹 내부 정보를 은밀하게 주는 경우가 없는 건 아니다.

하지만 말 그대로 '은밀하게'다.

공개적으로 말할 수도 없고, 말해서도 안 되며, 재판에서도 쓸 수 없다.

실제로 노형진도 은밀하게 받은 게 없는 건 아니지만 그걸 공개적으로 이야기한 적은 단 한 번도 없었다.

"아니, 그게 말입니다."

"제 논리에 문제가 있나요? 정보를 흘린 검찰 측 사람이 누군지, 말할 수 없다고 하셨잖습니까?"

"아니요, 그게……."

"아, 아니라면, 누구도 말 안 했는데 상상만으로 기사를 쓰신 건가요?"

"아닙니다!"

"그러면 역시 검사가 직접 넘긴 거군요?"

"그것도 아니고……!"

배기박은 미칠 것 같았다.

어느 쪽으로 대답해도 자신들은 코너에 몰리는 상황이 되어 버렸기 때문이다.

"이것도 아니고 저것도 아니다?"

배기박은 노형진의 말에 침을 꿀꺽 삼켰다.

"이거 아무리 봐도 허위 사실 유포 맞죠?"

"그런…… 것 같습니다."

말한 사람은 아무도 없다는데 기자들이 떠든 거니까.

"그러면 그에 대한 손해배상을 하셔야겠지요?"

그 말에 배기박의 얼굴은 사색이 되었다.

"언론 탄압입니다!"

"언론이 진실을 말하지 못하게 하는 게 언론 탄압이지 거짓말을 하는 언론에 항의하는 건 언론 탄압이 아닙니다."

노형진은 싱글벙글 웃으며 말했다.

"그리 생각하신다면 진실을 말하시면 됩니다."

그러나 그 진실을 말할 수는 없었던 배기박은 미칠 것 같 았다.

⚖️

"참, 그 버릇 못 고치네."
"쉽게 돈 벌 방법이 있으니까 어쩔 수 없지."
우라까이 기사, 즉 남의 기사를 베끼는 행위.
그건 한국에서 기자들이 흔하게 쓰는 방법이다.
취재하기는 귀찮고 능력도 안되니 남이 쓴 기사를 옮겨 적 는 거다.
특히 알바로 일하는, 소위 말하는 인턴 기자들이 그런 방 법을 많이 쓴다.
내가 취재해도 3만 원, 남의 걸 베껴서 써도 3만 원이니까.
"문제는, 그 애들은 제도권 안에서 보호받지 못한다는 거지."
"언론 노조 말이지?"
"맞아. 언론 노조는 가입 조건이 까다롭거든."
인턴 기자나 작은 인터넷 언론사의 기자들은 언론 노조에 가입조차 불가능하다.
언론 노조에 가입할 수 있는 조건은 무조건 정기자, 그것 도 어느 정도 규모가 되는 회사 소속이어야 한다.
"사실 기자들 숫자로 따지면 한 줌도 안 되지."

"에헤, 그래서 지금 그 인턴 기자들이 돌변하게 한 거야?"

"인턴 기자들은 과거에 있었던 사태를 기억할 테니까."

우라까이를 한다고 해서 그 책임에서 벗어날 수 있는 건 아니다.

기자로서 기자 타이틀을 달고 기사를 올리는 순간 그 책임을 질 수밖에 없다.

과거에 노형진은 그걸 문제 삼아 인턴 기자들이나 우라까이를 하는 기자들을 무차별적으로 고소했고, 그중 일부는 자살을 선택해야 할 만큼 공격했다.

알바를 목적으로 적당히 글을 쓴 게 아니라 악의적으로 특정 세력을 죽이려는 목적하에 하루에 100건 이상의 글을 쓴 기자들도 있었기 때문이다.

하루에 100건이면 알바비가 무려 300만 원이다.

미쳤다고 언론사에서 그 돈을 주겠는가?

그래서 보통은 그런 알바 기자 또는 인턴 기자에게 지급되는 돈은 하루에 20만 원 안팎을 넘지 않는다.

당연히 그런 기자들은 그에 맞는 값어치만 일한다.

그런 상황에서 하루에 100건이나 기사를 쏟아 냈다는 건 명백하게 대상을 죽이겠다는 악의가 있었다고 봐야 한다.

때문에 노형진도 자비를 베풀지 않았던 것.

"중요한 건 그게 아직도 기자들의 머릿속에 남아 있다는 거지."

"그리고 그 상황에서 인턴 기자들이 할 수 있는 일은 억울함을 호소하는 것뿐이고?"

"맞아."

그렇게 말한 노형진은 화면을 톡톡 쳤다.

"이렇게 되는 거지."

오늘 자 코리아 타임라인의 헤드라인.

한국 기자들, 증거도 없이 허위 사실 공개. 남 모 씨 사건 관련 증언이나 제보도 전혀 없었던 것으로 밝혀져

한국 기자 노조의 배기박 노조위원장, "해당 제보자는 없었다." 라고 밝혀

제보자가 없는데 자기들이 상상해서 썼다는 뉴스가 나오자, 기존의 기사를 우라까이 했던 수많은 알바 기자들과 인턴 기자들은 스스로를 지키기 위해 다급하게 그걸 베껴서 날려 대기 시작했다.

그래야 나중에라도 자기는 공정하게 작성했다고 항변이라도 할 수 있으니까.

"언론에서는 다급하게 삭제하고 있지만."

"그게 오빠가 노린 거라는 사실은 전혀 모르는 모양이네."

"음, 언론에서는 이런 걸 지울 수밖에 없으니까."

아무리 속보 전쟁으로 데스크가 유명무실해졌다지만 그렇

다고 해서 아예 일을 안 하는 건 아니다.

대신에 문제가 생길 만한 소재들은 빠르게 지우는 게 현재 데스크의 주요 업무 중 하나다.

"그런데 자기들 얼굴에 똥칠하는 걸 그냥 두고 보겠어?"

당연히 데스크에서는 해당 뉴스들을 빠르게 지우기 시작했다.

그리고 그게 바로 노형진이 노리던 바였다.

"이제 판을 키우자 이거지. 선동? 제대로 할 줄도 모르는 놈들이 어디서 선동질이야, 후후후."

"이익."

배기박은 정신이 혼미해질 정도였다.

그럴 수밖에 없는 게, 코리아 타임라인에서 나온 새로운 뉴스가 여론을 완전히 뒤집어 버렸기 때문이다.

급격히 사라지고 있는 남 모 씨 관련 뉴스들

내부 소식통, 남 모 씨에 관련된 모든 뉴스를 삭제하고 더 이상 올리지 말라는 데스크의 압력이 있다고 밝혀

남 모 씨에게 죄를 뒤집어씌우려고 했던 언론의 압박. 진실은?

"이게 뭔⋯⋯."

각 회사의 데스크에서는 그냥 자기들이 창피해서 지운 것뿐이고 코리아 타임라인의 뉴스를 우라까이 하지 말라고 전했을 뿐이지만 사람들은 그걸 전혀 다르게 받아들였다.

─이거 남 모 씨 사건 진짜 주범은 따로 있는 거 아님?
─그런 듯. 언론사에서 갑자기 관련 글이 싹 다 사라졌네.
─검찰에서도 말도 안 하고.
─누군가 보호하려고 죄를 뒤집어씌운 듯.
─이거 맞다.

여론을 바꾸는 건 힘들지만 일단 한번 바꾸면 그 반작용으로 흐름이 훨씬 거대해진다.

남도원의 죄를 떠들다가 그가 언론으로부터 공격받았다는 사실이 알려지고 그게 정설이 되어 버리자, 그 반작용으로 사람들은 더더욱 관심을 가지고 그 반대편의 사람들을 살피기 시작했다.

그리고 그에 맞춰 노형진이 슬쩍 떡밥을 던졌다.

─얼마 전에 있었던 국회의원 아들 사건 덮으려고 터트린 거 아닐까?
─뭔 일 있었음?
─국회의원 아들이 음주 운전으로 단속 중이던 경찰 끌고 도주했

는데 집행유예 나옴.

ㅡ맞네. 그거 나도 기억남. 그거 언론에서 겁나 조용했는데. 코리아 타임라인 말고는 보도도 안 했잖아?

ㅡ이거 맞다.

남도원은 백도 없고 힘도 없다. 당연히 그런 그를 보호할 이유가 없다.

물론 언론에서는 마치 노형진이 막대한 돈을 받고 그를 보호하는 것처럼 떠들었지만, 그 뉴스가 싹 사라진 시점에서 그런 주장은 이제 의미가 없었다.

그러면 그 반작용으로, 이 사건으로 덮으려고 하는 사건이 과연 무엇인지 사람들이 살펴보게 된다.

더구나 최근에는 큰 사건이 없었기에 사람들이 그에 대해 떠들게 되는 것은 어찌 보면 당연한 일이었다.

"미치겠네."

처음에 부탁받을 때만 해도 일이 이 지경이 될 줄은 몰랐다.

힘도 없고 백도 없는, 그냥 음주 운전자 한 명 아닌가?

물론 무죄를 주장하고 있지만, 그런 거야 다 주장하는 거니까 그다지 신경도 쓰지 않았다.

"망했다."

그런데 일이 커지면서 사건이 전면으로 튀어나와 버렸다.

특히나 남도원의 무죄 가능성이 갈수록 커지는 것은 그에게는 악몽이나 마찬가지였다.

"망했다."

그는 그렇게 말하면서 핸드폰을 바라보았다.

쌓여 있는 수십 통의 부재중 전화와 수백 개의 문자들.

그걸 차마 볼 자신이 없었다.

진실이라는 카운터

"좋았어. 이제 여론이 완전히 바뀌었다."

서세영은 인터넷 여론을 보면서 주먹을 불끈 쥐며 미소를 지었다.

얼마 전까지만 해도 남도원을 패 죽여야 한다던 분위기는 이제 대체 누구를 보호하기 위해 언론이 이렇게까지 움직인 거냐는 분위기로 흘러가고 있었으니까.

"물론 확실하게 이길 수 있는 증거가 나올 때의 이야기지. 만일 여기서 남도원 씨의 유죄가 입증되어 버리면 그때는 역으로 여론이 다시 한번 바뀔 수 있어."

"으음. 하긴, 맹사운 그놈의 능력이 떨어지지는 않으니까."

서세영은 어설프게 좋아하다가 흠칫하면서 고개를 끄덕거

렸다.

"맹사운 입장에서도 살려면 여기서 이겨야 해."

윗선의 허락도 없이 여론전까지 했다는 의심을 받고 있는
상황에서 싸움에서도 패한다면 그의 커리어는 끝장난다고
봐도 무방하다.

제대로 밉보인 상황이니까.

"그런데 누가 봐도 이거 가짜 번호판이 있는 것 같은데 말
이지."

"그래. 그런데 문제는 그걸 찾을 수가 없다는 거야. 약점
이지. 타이밍도 지랄맞고."

남도원은 상당히 안전 운전하는 타입이다. 가난한 집에서
자라서 그런지 작은 범칙금에도 벌벌 떠는 타입이었던 것.

그래서 그가 범칙금을 뗀 기록은 무척이나 적었다.

"그러다 보니까 겹치는 날짜가 없단 말이지."

가령 오늘 아침에 부산에서 범칙금을 물었는데 한 시간 후
용인에서 또 범칙금을 받았다면 그 자체로 확실하게 가짜 번
호판이 있다는 증거가 된다.

"하지만 가장 짧은 타이밍이 3일이란 말이지."

그 정도면 도시 간 이동을 하는 것도 불가능한 게 아니다
보니 검찰에서는 도시 간 이동을 해서 사고를 냈다고 주장하
고 있었다.

"주장하는 자가 증명해야 한다."

그리고 그걸 위해서는 그 불법 번호판을 단 차량을 찾아야 한다.

"그런데 어디서 찾지?"

"이제부터 찾아야지. 아직 용인에 있을 테니까."

"어떻게 확신해?"

"그 차량으로 뗀 건 대부분 과속 딱지더라고."

"그게 뭐?"

"그러니까 몇 가지 가설을 세울 수 있지."

첫 번째, 주차장이 있는 곳에서 생활한다.

만일 불법 주정차 딱지가 있다면 그곳을 기점으로 추적할 수 있겠지만 애석하게도 그건 거의 없었다.

두 번째, 고속도로 톨게이트 자체도 불법 이용 기록이 거의 없다.

"아, 그건 그러네."

"만일 고속도로를 자주 탔다면 흔적이 남았을 거야. 톨게이트 비용을 현금으로 순순히 낼 리가 없으니까."

그냥 하이패스로 쭉 달리면 어차피 낼 일이 없는 돈이 된다.

더군다나 요즘은 하이패스에 차단 장치도 없다.

차단 장치 때문에 사고가 나는 경우가 많아서 아예 그냥 없애 버린 것.

"그런데 톨게이트 미납은 거의 없단 말이지."

그 말은 사용하는 놈이 시내 주행용으로 쓴다는 거다.

"마지막으로 세 번째. 용인 시내에서만 그 딱지가 발급되었다는 것."

이 모든 걸 통합해서 판단했을 때, 그 가짜 번호판을 가진 사람은 용인 시내에서 주로 생활하며 외부로 나갈 일이 없을 가능성이 크다는 거다.

"한국인이라면 톨게이트를 쓸 일이 이 정도로 없지는 않을 거야."

"그러면?"

"아마도 외국인 노동자일 거야."

"외국인 노동자?"

"그래."

"단순히 톨게이트를 사용하지 않았다는 이유만으로?"

"아니, 그것만이 아니지. 차량의 연식을 보라고."

남도원이 끌고 다니던 차량의 모델은 무려 10년이 넘은 승합차다.

전 주인인 남도원의 스승도, 말은 독립 기념으로 싸게 넘겼다지만 그만큼의 가치가 없기 때문에 넘긴 것이기도 하다.

"만일 중고로 팔았는데 한 300만 원쯤 나왔다면? 그걸 그냥 넘기겠어?"

"하긴, 그러겠네."

그만큼 값어치도 안 나오고, 그마저도 청소 비용과 복구 비용을 생각하면 의미가 없는 돈이니까 그냥 싼 가격에 선물

삼아 넘겨준 거다.

"CCTV상으로 확연하게 달랐다면 검찰에서도 바로 이상하다는 걸 알았겠지. 하지만 일단 CCTV상으로는 거의 같은 모델로 보인단 말이지."

아무리 승합차가 풀체인지가 잘 안 되는 타입이라고 해도 그 정도 연식의 차량이 흔하지는 않다.

"그 말은, 가짜 번호판을 단 놈 차도 오래되긴 마찬가지라는 거야. 그리고 그건 돈이 없다는 소리지."

"돈이 없는 한국인일 수도 있잖아? 다 부자도 아니고."

노형진은 그 말에 고개를 끄덕거렸다.

확실히 그럴 가능성도 있다.

"하지만 한국인이라면 다른 지역으로 이동할 가능성이 크지. 반면에 외국인이라면, 특히 불법체류자라면 한 지역을 벗어나지 않으려고 하는 경우가 많아."

"어째서?"

"어디서 단속이 이루어지는지 모르거든."

실제로 불법체류자에 대한 단속은 계속 이루어지고 있고, 그런 단속에 걸리면 무조건 강제 출국이다.

그렇다 보니 불법체류자들은 자신들이 잘 모르는 곳에는 잘 가지 않으려 하는 경향을 보인다.

"물론 그런 경우가 아예 없는 건 아니지만."

가령 다른 직장을 구했는데 그 기업이 나름 숙소도 제공하고 인건비도 많이 준다면 그곳으로 옮겨 가기는 하겠지만, 그 주변으로 신나게 놀러 다니지는 않을 거다.

"용인 지역에는 공장이 많지."

그리고 그런 공장들은 저렴한 땅값 때문에 아무래도 주차장을 가진 경우가 많다.

"그리고 내 생각에는, 아마 그놈이 출퇴근을 책임질 거야."

"출퇴근?"

"그래. 과속 딱지가 엄청 많잖아. 신호 위반도 그렇고."

"그렇지."

"만일 숙소가 공장과 같이 있는 구조라면 그럴 이유가 없지."

그냥 거기에서 먹고 자고 할 테니까.

과태료나 톨게이트 비용 같은 건 안 낸다지만, 그렇다고 기름이 땅 파서 나오는 건 아닐 테니까.

불법체류 하는 노동자 입장에서 기름값은 절대로 싼 가격이 아니다.

출퇴근을 하는 한국인 근로자들도 기름값에 비명을 지르는 판국인데 해외에서 온 노동자에게는 얼마나 크게 느껴지겠는가?

"그런데 이렇게 자주 다닌다는 것, 그것도 이렇게 비슷한 시간대에 비슷한 이유로 딱지를 많이 뗐다는 건 출퇴근을 할 때 쓰는 차량이라는 거지. 그것도 단체로."

그 말에 서세영의 눈이 커졌다.

그간의 경험으로 그게 무슨 소리인지 바로 알아차렸기 때문이다.

"그러면 그 사람들이 외곽에 있을 거라는 뜻이네?"

"그렇겠지."

큰 공장은 아닐 거다. 그러니까 기숙사가 외부에 있을 테고, 그 기숙사에서 승합차를 타고 공장으로 출퇴근을 하는 거다. 주차장 정도야 있을 테니까.

그 대신에 공장 주인이 기름값을 약간 지급해 주는 조건일 테고 말이다.

그런데 생각해 보던 서세영의 얼굴이 금세 어두워졌다.

"그러면 말은 되는데……. 끄응. 너무 많은 거 아니야, 그래도?"

"뭐가?"

"공장 말이야. 솔직히 그런 공장이 용인에만 수백 개는 될걸."

"그렇겠지."

어느 정도 규모가 큰 공장은 도리어 그런 외국인 노동자를 쓰기 힘들다.

단속도 빡세게 나오고, 사람이 많다 보니 내부에서 누군가 신고하는 경우도 있기 때문이다.

하지만 작은 공장의 경우는 신고를 꺼리는 데다가 단속도 잘 나오지 않는다.

"더군다나 외국인 불법체류자를 주로 쓰는 공장이라면 더더욱 그러겠지."

주력이 외국인 노동자인 만큼 그들의 편의를 봐줄 수밖에 없을 테니까.

"그래도 너무 많은데⋯⋯."

수백, 어쩌면 수천 곳이 될지도 모르는 고만고만한 공장들을 모두 추적하는 건 현실적으로 힘들다.

경찰과 검찰이 나선다면 가능하겠지만, 어떻게 해서든 남도원에게 살인죄를 뒤집어씌우고 싶어 하는 그들이 도와줄 리가 없다.

"그렇다고 우리에게 수사권이 있는 것도 아니잖아."

수사권이 없으니 마구 들쑤시면서 다닐 수도, 취조를 할 수도 없다.

"물론 모른다면 그렇겠지. 하지만, 인간은 의외로 뻔한 존재거든."

"뻔하다고?"

"자기랑 상관없는데 침몰하는 배에 같이 있으려고 하는 사람이 얼마나 되겠어? 더군다나 조사라도 들어와서 발각되면 바로 추방인데."

"응?"

"침몰하는 배, 즉 회사잖아. 이미 쓸데없이 사건이 커졌지. 그러면 불법체류자들은 어떻게 하겠어?"

"아!"

당연히 도주할 거다.

그들의 목적은 회사에 충성하는 게 아니라 한국에서 많은 돈을 벌어서 고국으로 돌아가는 것.

언론에서 이 정도로 크게 떠들었는데 모를 리가 없으니, 혹시 경찰이나 검찰이 의심해서 다가올까 봐 두려워할 가능성이 크다.

"그러면 그 공장은 다급하게 사람을 구하고 있겠지."

"그렇겠네!"

물론 작은 공장에서 상시 인력을 구하는 건 너무나 당연한 일인지라 사람을 구하는 것만으로 그곳 노동자들이 범인이라고 확신할 수는 없다.

"하지만 그들은 절대 정상적인 루트로는 사람을 구하지 못해."

왜냐하면 단가가 나오지 않을 테니까.

법에서 정한 임금을 다 주고 부릴 거라면 한국인을 쓰든가 외국에서 한국 노동 허가를 받아서 온 사람들을 쓰면 되는데 굳이 왜 불법체류자를 쓰겠는가?

"그리고 우리에게는 그에 대해 잘 아는 사람이 있지, 후후후."

노형진은 빙긋 웃었다.

고문학은 정보 계통에서 오래 일했다.

당연히 그 정보 계통에는 불법체류자들 관련 정보 라인도
있다.

사실 소송이나 사건 중에 불법체류자 관련 건이 적잖이 존
재하기에 그건 꼭 필요한 것이었는데, 불법체류자와 관련해
서 제대로 해결한다는 소문이 돌면서 관련 사건이 새론으로
더욱 몰려들어 그 정보 라인은 더더욱 강해졌다.

그 덕에 용인 내부에서 외국인, 그것도 불법체류 외국인을
고용하고자 하는 사람을 빠르게 찾아내는 건 어려운 일이 아
니었다.

"강대실업이라는 곳입니다. 조형 공장인데, 직원 숫자가
한 서른 명쯤으로 알려져 있습니다."

"역시 크지는 않네요."

"뭐, 작은 공장이 그렇죠. 그래도 부지는 제법 크고요, 외
곽에 있습니다."

"고작 서른 명짜리 공장이 왜 이렇게 부지가 커?"

주소를 받아서 확인하던 서세영은 고개를 갸웃했다.

아무리 조형 공장의 장비가 크다고 해도 과도하게 넓은 건
사실이니까.

"아, 그거? 이런 작은 공장들이 돈을 크게 버는 방법이 보
통 땅이거든."

"땅?"

"응. 사실 조형 공장을 운영해 봐야 큰돈은 못 벌어."

특히 한국처럼 하청에 재하청에 재하청에 재하청에 재하청까지 하는 불법적 구조로 돌아가는 상황에서는 이런 작은 공장들은 갑을병정 안에 들어가지도 못한다.

"아마 잘해 봐야 기나 경?"

"기? 경?"

"아, 넌 잘 모르겠구나."

흔히 갑을병정이라고 표현하는 이것은 천간이라는 육십갑자의 위 단위를 이루는 요소인데, 갑을병정무기경신임계로 구성되어 있다.

"와, 그러면 기나 경이면 바닥 중에 바닥이라는 소리네?"

"그렇지. 마지막 신임계 수준으로 떨어지면 수익은커녕 마이너스만 남을 테니까."

어찌 되었건 그런 공장이 정상적인 수익을 내서 큰돈을 버는 건 사실상 한국에서는 불가능하다.

"그래서 많은 작은 공장들이 돈을 크게 버는 영역은 일을 수주해서가 아니라 그 지역이 개발될 때 땅값이 폭등하는 경우지."

"헤에."

큰 땅을 가지고 있다가 신도시라도 생기면 진짜 100억 정도는 쉽게 만질 수 있으니까.

"거기다가 산업 용지라고 하면 좀 더 싸게 살 수도 있고, 개발도 편하거든."

가장 빠르게 개발될 수 있는 지역이 산업 용지다.

정부의 정책상 농지가 가장 개발하기 힘들고 산지의 경우는 공사비가 엄청나게 들기 때문이다.

"확실히 주차장이 안에 있어서 감시할 수가 없네."

"맞아. 그리고 이런 곳은 또 의외로 외부 빌라에 숙소를 얻기 쉽지."

빌라가 도심지에서 많이 사용되는 건축구조이기는 하지만 외곽 쪽에도 없는 건 아니다.

보통 그런 빌라들은 외곽 근무자들의 생활 터전인 경우가 많다.

"집에 학생이나 병원을 계속 다녀야 하는 사람이 없다면 외곽의 빌라가 훨씬 싸지."

어차피 이런 작은 공장에 다니는 직원들은 별 대단한 문화 생활을 요구하는 편이 아니니까.

정확하게는, 이런 공장은 거의 맞교대로 굴러가기에 문화 생활을 영위할 시간이 없다고 보는 게 맞다.

"흠, 그러면 여기가 맞을까? 고 팀장님, 여기서 요즘 사람을 많이 구해요?"

"네. 소문을 좀 조사해 보니까 이곳이 근무 환경은 좋은 편이라고 하더군요."

"불법체류자를 쓰는데요?"

"불법체류자라고 해서 다 열악한 환경에서 일하는 건 아닙니다. 도리어 그들이 나가면 사람 구하는 게 힘들어서 좋은 환경을 제공하는 곳들도 있습니다."

단가 문제로 많은 돈을 주지는 못하지만 그 대신에 다른 방법, 가령 기숙사를 제공한다거나 이슬람 신자라면 기도 시간을 보장한다거나 하는 방식으로 나름 관리하면서 이탈을 최소화하는 곳들이 제법 많다.

"불법체류자들도 자기들이 어디 잘못 가면 좋은 꼴 못 본다는 거 알거든. 특히 일부 질 안 좋은 놈들은 뜯어먹을 대로 뜯어먹고 신고해 버리니까."

그러면 강제로 추방되고, 당연히 현실적으로 한국에서 일한 임금을 못 받는다.

"아, 그런 사건도 있었지? 새론에서 해결했던 사건 중에."

"맞아."

거의 1년 가까이 부려 먹은 뒤 신고하고 추방해서 인건비를 떼먹은 사건이 있었는데, 이때 새론에서 해외에 있는 피해자를 대신해 한국에서 소송해 돈을 받아 냈다.

불법체류와 별개로 임금은 정확하게 받아 낼 수 있는 돈이니까.

"네, 이곳은 돈도 확실하게 주고 여러 가지 혜택이 있어서 거의 4년간 추가 구인을 하지 않은 곳입니다."

"거의 4년요? 용케 걸리지 않았네요."

아무리 그래도 4년간 단속 한번 받지 않았다는 건 사장에게 나름의 선이 있다는 의미다.

아마도 단속이 나올 상황이라면 미리 대피시켜 줬을 거다.

"4년간 구인을 하지 않았다는 건 결국 그만큼 인원 변동이 없었다는 소리인데 갑자기 사람을 구한다……."

정확한 숫자는 모르지만 일단 되는대로 구한다고 할 정도니 상당한 숫자가 한꺼번에 빠져나갔다는 뜻이다.

"확실히 의심스럽네."

"하지만 여기 차량이 있을까?"

"없겠지. 아마 번호판을 바꾸지 않았을까?"

운전하던 놈이 아직도 여기에 있을 가능성은 높지 않다.

"하지만 그렇다고 해서 추적이 불가능한 건 아니지."

노형진은 어깨를 으쓱했다.

"자기가 살인으로 감옥에 가기는 싫을 테니까, 후후후."

강대실업은 큰 회사는 아니다.

그래도 사장 한강대는 회사를 나름 잘 운영해 왔다. 비록 그 방법이 불법체류 노동자를 쓰는 것이긴 했지만 말이다.

하지만 갑작스럽게 터진 상황은 그를 순식간에 코너로 몰아붙였다.

"여기로 차량이 들어왔다는 제보가 있었습니다만. 아닙니까?"

"나는 모르는 일입니다."

"그래요? 이상하네요. 여기서 한강대 씨가 동일 번호의 승합차를 몰고 다녔다는 제보가 여기저기서 들어왔는데요."

"누…… 누가요!"

그 말에 한강대는 펄쩍 뛰었다.

확실히 과도하게 경계하고 있었고 또 과도하게 겁먹고 있었다.

'그리고 회사 내부가 썰렁하단 말이지.'

따로 사무실을 둘 수 있는 구조가 아니라 내부 공장을 지나서 안으로 들어와야 사무실이 있는 구조다 보니 들어오면서 볼 수 있었다. 대부분의 생산 라인이 멈춰 있다는 것을.

그나마 있는 사람들조차도 왠지 불안한 눈치였고, 나이가 좀 있는 사람은 짜증을 내면서 일하고 있었다.

'아마도 나름 직함 좀 있는 사람이겠지.'

부장이니 뭐니 해서 원래는 현장 근무를 하지 않는 사람일 테지만 인원이 부족하니 다급하게 일하는 것일 게 뻔했다.

실제로 그는 나이에 비해 숙련도가 부족해 보였는데, 만일 오래 일한 사람이라면 그럴 리가 없는 데다 최근에 입사한 사람이라면 주변에 있는 외국인 노동자들이 그의 눈치를 볼 리가 없었다.

그랬기에 노형진은 강대실업이 그 차량이 있던 곳이라 반쯤 확신할 수 있었다.

"제보자가 누군지는 말 못 합니다. 하지만 한강대 씨가 살인 용의자인 건 확실하죠."

"아니, 저한테 그런 승합차는 없어요!"

"그래요? 어디 한번 경찰 불러서 CCTV를 까 볼까요?"

그 말에 한강대의 눈동자가 흔들리기 시작했다.

물론 이곳에도 CCTV가 있다. 그거야 직접 지우면 그만이기는 한데…….

"여기로 오는 길에 과연 몇 개의 CCTV가 있을까요? 혹시 아십니까?"

고만고만한 작은 공장들이 몰려 있는 동네.

당연히 대부분의 공장들은 보안을 위해서라도 CCTV를 달아 둔다. 그리고 그런 CCTV는 당연히 여기로 들어오는 유일한 소로를 비추고 있었다.

"한강대 씨, 번호판 위조해서 남한테 살인까지 뒤집어씌우고 본인은 멀쩡하게 살 수 있을 것 같았습니까? 참 세상이 만만하게 느껴지시나 봅니다."

일이 이쯤 되자 한강대도 마냥 부정만 할 수는 없었다.

불법체류자를 쓴 것에 대한 처벌은 피할 수 없겠지만, 그렇다고 살인을 뒤집어쓸 수는 없었다.

"미치겠네. 나한테는 진짜로 그 썩어 빠진 승합차가 없다니까요. 그거 신둘라 차량입니다, 신둘라. 아, 미치겠네."

"신둘라?"

"네, 우리 회사에서 일하던 놈입니다."

신둘라는 터키에서 온 불법체류자로, 이곳에서 3년간 일했다고 했다.

"정확하게는, 일했던 놈입니다. 씨팔, 개 같은 새끼."

"그런데요?"

"어느 순간 튀었어요. 아니, 어느 순간이 아니죠."

뉴스에 남도원 사건이 보도된 직후 바로 튀었다고.

"다른 사람들은요?"

"같이 튀었습니다."

사고가 난 시간은 저녁 9시. 사람이 없는 야심한 밤이었다.

"퇴근 중이었습니까?"

"……."

"말하지 않으면 살인의 방조범으로 처벌이 바뀔 겁니다. 살인의 방조범보다는 그냥 불법체류자 고용으로 처벌받는 게 나을 텐데요?"

"씨팔. 네, 맞아요. 맞다고요. 퇴근하던 중이었을 겁니다."

어느 날 신둘라가 어디서 썩어 빠진 중고차 한 대를 사 왔다.

숙소가 워낙 멀리에 있다 보니 출퇴근을 위해서는 차량이 필요했기 때문이다.

"그러면 가짜 번호판은요?"

"저야 모르죠. 처음부터 있던 거니까."

아마도 신둘라는 자신이 불법체류자라 제대로 차량을 끌

지 못한다는 걸 알고 이미 가짜 번호판이 붙어 있던 차량을 구입한 모양이었다.

"저도 옳다구나 했습니다, 솔직히."

여기는 집이 없다. 그렇다고 컨테이너라도 하나 두자니 돈도 많이 들고, 그런 게 있으면 단속 나왔을 때 변명할 방법도 없다.

"그래서 외곽에 빌라를 얻어서 애들더러 생활하게 했습니다."

문제는 그곳이 차량으로 30분쯤 걸리는 거리라는 거다.

그것도 차량으로 30분이지 버스로는 한 시간 걸리는 거리고, 심지어 그놈의 버스는 50분에 한 대 있으니 한 번 놓치는 순간 두 시간을 허송세월해야 하는 상황.

"그러던 차에 신둘라가 그 차를 사 왔길래 기름값 좀 주면서 다른 애들도 태워 오라고 했습니다."

딱 노형진의 예상대로였다.

신둘라는 그 말에 시시덕거리면서 열심히 다녔다고 한다.

말이 기름값만 주는 거지 추가로 좀 더 주는 건 당연한 일이었으니까.

출퇴근용 버스를 운영하지 못하는 강대실업 입장에서도 그게 싸게 먹히는 일이었다.

"그런데 그 새끼가…… 사람을 치고…… 하, 씨팔."

수년간 같은 코스를 다니다 보니 점점 간땡이가 부었고, 경찰도 안 보이는 곳이다 보니 점점 과속하기 시작했던 것.

그러다가 사고가 나서 사람이 죽자 그대로 내뺀 거다.

"그 차량에 타고 있던 사람들도 다 내뺀 거고요?"

"네."

더구나 사건이 점점 커지면서 뉴스에서 계속 그 이야기가 나오자 남은 불법체류자들도 찔끔해서 상당수 튀는 바람에 강대실업에서는 다급하게 사람을 구할 수밖에 없었다.

"그런데 왜 신고하지 않았습니까?"

"……."

하긴, 신고해 봐야 자기가 처벌받기밖에 더 하겠는가?

더군다나 이 사고는 명백하게 출퇴근 중에 일어난 일이고, 아무리 불법체류자가 저지른 일이라지만 그 출퇴근 업무 자체를 회사의 명령으로 한 이상 근무시간에 해당되니 그 배상 책임은 회사에도 있다.

그러니 차라리 입 다물고 있으면 조용히 넘어갈 수도 있을 거라 생각했을 거다.

"세영아, 경찰 불러."

"그…… 변호사님, 어떻게 안 되겠습니까?"

처량하게 물어보는 한강대.

이게 제대로 조사가 들어오면 자신은 망할 테니까.

하지만 노형진은 단호했다.

"내 알 바 아니죠."

불법체류자를 쓰는 거야 현실이 그러니 어쩔 수 없다고, 그래서 모른 척해 준다 해도, 이자는 살인을 감춰 주려고 했다.

당연히 그걸 그냥 두고 볼 수는 없었다.

"모든 책임은 당신이 져야 하는 겁니다."

그 말에 한강대는 고개를 푹 숙일 뿐이었다.

"이걸로 해결된 걸까?"

며칠 후 신둘라가 체포되었다.

신둘라는 사고를 낸 후에 다급하게 도망갔다.

하지만 번호판이 그대로면 추적당할 거라 생각했는지, 어디서 또 가짜 번호판을 가져와서 바꿔 달고는 도주했다.

문제는 다급하게 도주하기 위해 번호판을 바꿔 다는 장면이 회사 CCTV에 찍혔다는 거다.

아마 숙소에는 마땅한 장비가 없으니 회사에서 했으리라.

당연히 새로운 번호판을 추적하는 건 어려운 일이 아니었고, 그가 다른 곳으로 도주했다고 해서 운전 습관을 바꾼 건 아니라서 다른 지역에 있던 작은 공장에 숨어 있다가 결국 체포당했다.

"아, 물론 우리 일은 끝났지."

회사 구석에 버려져 있던 가짜 번호판도 나왔고, 교체 영상도 나왔고, 그날 같이 차를 타고 있었던 두 놈이 자기들도 살인죄를 뒤집어쓸 걸 두려워해서 신둘라가 운전했다고 그리고 도주했다고 다 떠들어 준 덕분에 결국 남도원은 무죄로 풀려날 수 있었다.

"하지만 태양은 아닐걸."

"태양?"

"그래. 아마 머리 좀 아플 거다, 후후후."

⚖️

"아닙니다, 의원님."

손하균은 전화기 너머에 있는 누군가에게 굽실거리고 있었다. 하지만 수화기 너머에서 흘러나오는 목소리에 가득 찬 분노는 가실 기색이 없어 보였다.

"절대로 그런 일은 없습니다. 저희는……."

하지만 이내 전화가 끊어졌고 손하균은 눈을 찡그렸다.

"돌겠군."

"죄…… 죄송합니다, 대표님."

"도대체 일을 어떻게 처리하는 겁니까?"

단순히 노형진의 얼굴에 똥칠만 하면 되는 간단한 일이었다. 증거도 확실해서 문제 될 게 없었다.

그런데 그 똥이, 노형진과 새론이 아닌 태양에 처발렸다.

자신들이 막았던 사건이 언론에 터지고 그 사건이 재조명되면서 국회의원에게 스포트라이트가 쏠리기 시작한 것.

물론 일사부재리에 따라 아들을 다시 감옥에 보내지는 못한다. 하지만 국회의원 입장에서는 다음 선거가 골치 아파진다.

"아무래도 이 선은 끊어야겠습니다."

"박…… 의원 말씀이십니까?"

아들의 사건을 맡겼던 국회의원을 끊어 내겠다고 하자 이사는 흠칫했다.

"우리한테 좋은 감정을 가지고 있는 것도 아니고, 무엇보다 이 정도로 틀어졌으면……."

나중에 자신들에게 보복하려 들어도 이상할 게 없는 상황.

이런 상황에서 관계를 이어 가는 건 불가능했다.

"하지만 그러면, 아니 손실이……."

그와 좋은 관계를 만들기 위해 준 뇌물이 수십억이다.

그런데 손절을 해야 한다니.

사실 그냥 손절만 하는 거라면 그나마 낫다.

후환을 제거하기 위해서는 그를 국회의원에서 떨궈야 한다.

문제는 그러기 위해 반대파에 적지 않은 뇌물을 또 주면서 줄을 서야 한다는 것.

수십억을 주고 간신히 만든 선을 날린 것도 모자라서 또 돈이 나가게 생겼다.

"돌겠군."

손하균은 머리를 부여잡으면서 신음할 수밖에 없었다.

그렇게 손발이 끊어져 나가는 걸, 그는 그저 참고 받아들여야 했다.

양심 무엇?

한국 연예계에는 많은 사건이 있고 또 그만큼 소송도 수시로 이루어진다.

그리고 그럴 때마다 노형진에게는 떠오르는 말이 있었다.

"엔터테인먼트 업계의 80%는 쌩양아치라더니."

"맞아요. 이건 말도 안 되죠."

고연미 변호사는 흥분을 가라앉히려고 심호흡을 하며 말했다.

"이번 사건에서 소안은 명백한 피해자예요. 심지어 지난 3년간 정산 한 푼 못 받았다고요. 이게 말이 되나요? 저는 선배 가수로서 정말 말도 안 되는 일이라고 생각해요."

"소속사에서는 뭐랍니까?"

"적자라 어쩔 수가 없대요."

"적자라니. 완전 개소리군요."

소안은 한국 카라스엔터테인먼트의 그룹 엔디아에 소속된 가수다.

사실상 무명이었던 데뷔 초부터 활발하게 활동하며 3년간 그룹을 이끌어 왔고, 지금도 멤버들 중 가장 인기가 좋다.

"다른 애들은 몰라도 소안은 정산 금액이 없을 수가 없어요."

오죽하면 별명이 소녀 가장이다.

그만큼 그룹을 이끌어 가기 위해 엄청난 고생을 한 것이다.

"그런데 3년씩이나. 이건 선 넘은 거죠."

"법원의 판결도 이미 나왔는데 말이지요."

소안이 무작정 참은 건 아니었다. 이미 같은 엔디아 멤버들을 위해 충분히 참기도 했고.

"그런데 가스가 끊어졌다라……."

어느 날 밥을 먹으려고 했는데 가스가 끊어졌더란다.

화가 나서 회사에 갔더니 회사 대표의 차가 또다시 수입차로, 그것도 세 번째로 바뀌었단다.

3년간 세 번이나 더 좋은 차로 바꿨던 것.

"거기다가 대우도 제대로 안 해 주고 말이죠."

끓어오르는 화를 누르고 좋게, 활동이라도 할 수 있게 제대로 지원해 달라고 했더니 돌아온 대답은 '어디 나이도 어린 게 꼬박꼬박 말대답이냐.'였다.

화가 난 소안은 결국 카라스엔터를 상대로 체불금 반환 소송과 계약 해지 소송을 진행했다.

"그 사건은 제가 담당했죠. 그치들 짓거리에 대해 저보다 잘 아는 사람이 어디 있겠어요?"

"하긴, 그렇죠."

고연미 변호사는 연예인이었고 또 한때 잘나가는 그룹 소속이었다.

비록 지금은 연예인을 그만두고 변호사 생활을 하고 있다지만 그 바닥에서는 어디서 어떻게 돈을 빼돌리는지, 공부만 한 변호사보다 훨씬 잘 알고 있었기에 소송에서 이기는 건 어려운 일이 아니었다.

"1심 판결은 간단하게 나왔어요. 어마어마하게 해 처먹었더라고요."

1심에서 카라스엔터테인먼트가 소안에게 지급해야 한다고 판결한 돈이 무려 30억이었다.

손익분기점을 넘긴 후에도 공지도 하지 않고 무조건 적자라고 주장하면서 계속 돈을 지급하지 않았는데, 그게 다 거짓말이었던 것.

"그리고 아직 재판에 들어가지는 않았지만, 다른 멤버 여섯 명도 대충 계산하면 저마다 최소 3억, 최대 12억 정도는 되는 모양이더라고요."

고연미의 말에 노형진이 눈을 휘둥그레 떴다.

"그렇게 많다고요?"

"이게 보이는 게 다가 아니더라고요. 이 새끼들이 진짜."

엔디아의 경우는 의외로 한국보다 해외에서 인기가 더 많았다.

그 덕에 해외 수익이 적지 않았는데, 엔디아 멤버들 입장에서는 보이는 게 상대적으로 인기가 적은 한국이다 보니 카라스엔터테인먼트가 이 정도로 해 처먹었을 줄 몰랐던 거다.

"유튭 수익부터 해외 공연비에, 해외 음반 판매액까지."

빼먹을 수 있는 건 다 빼먹고 해 처먹을 수 있는 건 다 해 처먹어 놓고 정작 엔디아는 식단 관리고 나발이고 가스가 끊겨서 라면도 못 끓여 먹게 했다는 것.

"그리고 얼마 전에 숙소 전기도 끊겼대요."

"전기 말입니까? 아니, 전기세가 얼마나 나온다고요?"

가스비나 수도세는 여러 사람이 쓰고 아이돌의 특성상 자주 씻어야 하니 물을 자주 데워야 해서 많이 나온다고 치더라도 전기세는 거의 나오지 않을 거다. 거의 대부분 숙소 밖에서 공연하고 오니까.

행사 기록만 봐도 숙소는 사실상 잠만 자는 공간이고 내부에서 전기를 쓸 만한 일은 별로 없다. 난방도 가스로 하니까.

기껏해야 핸드폰을 충전하고 가전제품을 잠깐 돌리는 수준.

"이건 대놓고 방치한 거네요."

"네. 그러니까 이기는 건 어렵지 않았어요."

카라스엔터에서 엔디아를 너무 티가 날 정도로 방치했으니까.

"문제는 연예인관리협회예요."

"흠."

노형진은 그 말에 턱을 만지작거렸다.

아는 조직이었던 것이다.

물론 엔터테인먼트조합을 운영하면서 몇 번 마주친 게 다지만 말이다.

사실 연예인관리협회는 평상시에는 딱히 만날 일이 없는 놈들이다.

"문제는, 거의 만날 일이 없긴 하지만 그놈들이 미친놈들이라는 거죠."

"제가 이름은 들어 봤지만 상세히는 모르는데, 도대체 뭐 하는 놈들입니까?"

"일종의 엔터테인먼트들의 모임이에요. 연예인들이 부도덕한 일을 저지르거나 사회적 물의를 일으킨 경우에 그걸 경고하고 컨트롤하기 위해 모인 모임인데……."

"컨트롤요?"

노형진은 그 말에 헛웃음이 나왔다.

일단 그건 방송국 같은 곳에서 결정할 문제다.

그리고 연예인 중에 사고를 치는 놈들이 한둘이 아니다.

강간에 음주 운전에 살인까지, 그야말로 다양하다.

그런데 그들은 대부분 시간이 지나면 복귀한다.

물론 한 번의 실수로 아예 퇴출되는 건 가혹할 수도 있지만 때때로 저 인간이 대체 왜, 어떻게 복귀하는지 의문이 드는 놈도 있다.

"일은 하는 겁니까? 애초에 방송국에서 자체적으로 명단은 각자 관리하고 있을 텐데요."

실제로 방송국뿐만 아니라 주요 공중파나 언론사 등에는 내부에서 관리 대상으로 정한 리스트가 있다.

선을 넘는 행동을 한 이들을 복귀시키지 않기 위해서다.

그건 방송국에서 결정하지 연예인관리협회인가 뭔가에서 관리하는 게 아니다.

"그게 문제예요. 이 새끼들이 말은 그렇게 하는데, 돈만 되면 살인을 하든 마약을 하든 강간을 하든 사기를 치든 신경도 안 써요."

"그러면요?"

"그 대신에 자기 이권에 끼어들거나 목소리를 높인 연예인을 조지죠."

"자기 이권에 끼어든다?"

"네, 지금 카라스엔터에서 연예인관리협회에 소안을 제소했어요. 그래서 엔디아 멤버 전부 바짝 얼어붙어 있고요."

"그 정도로 그놈들이 힘이 강합니까?"

"그놈들이 명단에 올리면 그때부터는 사실상 연예인으로

서의 수명은 끝났다고 보시면 돼요."

밀린 정산금을 달라고 하거나 회사의 부당한 행위에 대해 항의하면 회사에서는 꼬투리를 잡아 연예인관리협회에 제소하고, 연예인관리협회는 그걸 핑계 삼아 방송 출연 금지에 행사 출연 금지까지 걸어 버린다.

"그런데 법원도 아니고 협회라면서요? 무슨 강제력이 있어요?"

"그게 문제예요."

연예인관리협회에서 그렇게 찍어 내기로 결정한 연예인을 방송국이나 다른 곳에서 출연시키면, 협회 차원에서 협회에 속한 가수나 연예인의 출연 자체를 막아 버린다고 한다.

"협회 차원에서 출연을 막는다고요?"

"정확하게는, 협회에 속한 엔터테인먼트에서 출연을 막죠."

"허?"

그러니까 사립 협회의 특성상 있을 수가 없는 강제력을, 다른 연예인들의 출연을 볼모로 잡아 갖춘다는 거다.

"문제는 이 연예인관리협회라는 게 오래된 조직이고 강제력도 워낙 강하다 보니까 거의 모든 엔터테인먼트가 들어가 있다는 거예요."

"거의 모든?"

"네, 조합 쪽 엔터테인먼트 쪽도 다수 가입했어요. 아마 한국 엔터테인먼트 회사의 4분의 3은 가입해 있을걸요."

그 말에 노형진은 눈을 찡그렸다.

엔터테인먼트조합에서 아무리 커버를 열심히 해 줘도, 조합에 소속된 회사의 숫자는 한국 엔터테인먼트 회사의 4분의 1이 간신히 된다.

그마저도 대형 회사보다는 고만고만한 회사들이 대부분이다.

어쩔 수가 없다.

엔터테인먼트조합의 가장 강력한 무기는 연습실과 사무실의 무상 임대 및 스태프의 공유인데, 사실상 수익이 나서 자리를 잡은 엔터테인먼트의 경우에는 굳이 그걸 이용할 이유가 없으니까.

물론 자리를 잡은 뒤에도 장차 어찌 될지 모르니 당장 탈퇴는 하지 않지만, 그래도 개별적으로 활동하게 된다.

"하긴, 엔터테인먼트조합이 다른 조직의 중복 가입을 막은 것도 아니니까요."

"맞아요. 그리고 생긴 순서대로라면 연예인관리협회가 더 오래되기도 했고요."

"흠……."

노형진은 턱을 만지작거렸다.

"그래서 연예인관리협회에서는 뭐라고 합니까?"

"공식적으로는 아무 말도 안 해요. 하지만 문제는, 카라스 엔터테인먼트가 연예인관리협회에 속해 있는 회사라는 거예요. 그것도 상당히 오래요."

"그래요? 전에도 이런 짓을 한 경우가 많습니까?"

"모르죠. 하지만 그런 짓을 하는 엔터테인먼트 회사들은 엄청나게 많아요. 연예인관리협회의 눈 밖에 나서 강제로 은퇴당한 연예인이 얼마나 많은지 상상도 못 하실걸요."

"그 정돕니까?"

"물론 그쪽이 막 성 노예처럼 몸을 굴리라든가 하는 요구를 하지는 않아요."

하지만 연예인 본인의 이익을 포기하고 회사를 위해 모든 걸 바치라는 게 연예인관리협회가 창립되었을 때부터 지금까지 유지되고 있는 기조란다.

"만일 이권이나, 법에서 정한 노동의 대가를 요구하잖아요? 그러면 그때는 그냥 날아가는 거예요."

그렇게 말하며 목을 스윽 그어 보이는 고연미 변호사.

"이건 법적으로 어쩔 수가 없는 부분이라 저도 달리 방법이 없어요."

법적으로 싸운다면 분명 이길 수 있다.

하지만 방송국이 소안을 쓰지 않는 게 연예인관리협회가 방해해서 그런 건지, 아니면 방송국에서 상품성이 없다고 판단해서 그런 건지는 증명할 수 없다.

'하긴. 고용은 개개인의 판단을 기반으로 하는 영역이니까.'

그걸 연예인관리협회에서 방해한 거라고 주장하기에는 무리가 있다.

연예인관리협회에서 결정을 내리고 공문을 돌렸음을 확인하는 건 어렵지 않지만 그로 인해 방송국에서 소안을 쓰지 않았다는 건 이쪽에서 증명해야 하는데, 그건 사실상 불가능하다.

"연예인관리협회라……."

노형진은 생각지도 못한 적의 등장에 턱을 만지작거리며 생각에 잠길 수밖에 없었다.

⚖️

"어이구야, 장난 아니네."

노형진은 바로 연예인관리협회에 대해 조사를 시작했다.

그리고 알게 되었다. 그간 그들이 내린 결정과 그 후에 한 행동을.

"선순환이 없다고는 말 못 하겠네요."

"그건 그렇지. 하지만 반대로 부작용도 만만치 않다는 게 문제지."

이번에 같이하기로 한 김성식이 고개를 끄덕거렸다.

새론의 대표라 평소에는 직접 나서지 않지만 이번 일과 같은 연예계 전반의 사건은 워낙 파급력이 크다 보니 그 충격을 줄이기 위해서라도 나서기로 한 것.

"오빠, 난 이해가 안 가는데. 이 선순환이라는 것도 사실상 우기기 아니야?"

"그렇지."

연예인관리협회에서도 나름대로 사회적으로 물의를 일으킨 행동을 한 연예인을 활동 금지시키거나 하기는 했다.

"그런데 방송국이 미치지 않고서야 사회적으로 물의를 일으킨 놈을 쓰겠냐고."

"제 말이 그 말이에요."

마약이나 음주 운전 등을 한 연예인들에게도 분명 연예 활동 금지를 걸었지만, 대부분 그 시기가 늦었으니까.

방송국에서 해당 연예인을 하차시켜 사실상 자숙 단계에 들어간 시점에 결정을 내렸으니 문제인 거다.

"아무래도 즉흥적으로 커트할 수 있는 게 아니긴 하니까."

"내 말이. 그러면 무슨 의미가 있느냐고."

방송국 측에서는 문제가 터지면 일단 하차시킨 후 이미 촬영한 것도 통편집해 버린다.

진짜 답이 보이지 않으면 아예 방영 자체를 하지 않기도 한다.

실제로 모 방송국은 주연 남자 배우가 방송 직전에 음주 운전 사고를 크게 내자 해당 드라마의 방영을 포기한 적도 있다.

"그런데 협회 차원의 대응은 너무 정형화되어 있잖아."

일단 누군가가 제소하면 그에 대해 심사하고, 소속사와 해당 연예인을 불러서 소명의 기회를 준 뒤, 활동 금지 결정을 내린다.

소요되는 기간은 아무리 빨라도 한 달 정도.

그러니 마약을 했든 살인을 했든 이미 최소 한 달 전 일이라 사실상 연예인의 활동은 이미 흐지부지된 상황에 내려지는, 별 의미 없는 뒷북 선고인 셈이다.

노형진이 고개를 가로저었다.

"처벌은 쉽게 할 수 있는 게 아니니까. 대한민국에 3심까지 있는 이유가 뭔데?"

물론 이제는 거의 유명무실해지고 있기는 하지만 그럼에도 불구하고 3심제도를 유지하는 이유는 결국 억울한 피해자를 최소한으로 줄이기 위함이다.

"하지만 그런 사건과 관련해서는 거의 제소가 이루어지지 않는 편이잖아."

그렇게 말하는 서세영은 미심쩍은 얼굴을 하고 있었다.

"내가 아는 사건만 해도 벌써 몇 갠데. 재작년인가? 그 남자 배우 사건도 있었잖아. 그런데 그 사람은 아예 제소가 이루어지지 않았어. 그 새끼한테 강간당한 피해자가 몇 명인데."

재작년 모 남자 연예인이 팬에게 물뽕을 먹이고 강간했던 사건이 있었다.

그는 이후 소속사에서 사실상 방출되었고, 연예계에서는 퇴출되었으며, 지금까지도 교도소에서 복역하고 있다.

그런데 아무리 찾아봐도 관련 기록이 없다.

그때 고연미가 조심스럽게 입을 열었다.

"그게 말이지. 그런 건 제소를 안 해."

"어째서요?"

"제소하려면 분쟁이 있어야 하는데 그건 분쟁 대상이 아니 잖아. 피해자가 있지만 이쪽에 소속된 사람이 아니니까."

"잠깐, 그러니까 그냥 내 편이니까 모른 척한다 그거예요?"

"그래. 내가 그래서 화가 나는 거고."

이런 행동이 벌어지면 누군가 제소해야 한다.

하지만 제소를 하는 것은 해당 엔터테인먼트와 싸우자는 소리밖에 안 된다.

설사 퇴출이 확정된 놈이라고 해도, 제소되어 위원회에 불려 가는 것 자체가 해당 엔터테인먼트 입장에서는 짜증 나고 화나는 일이니까.

"그러니까 제소하지 않고 놔두는 거지. 놔둬도 퇴출은 되니까."

"뭐예요, 그게?"

"내 말이. 그러면서 무슨 연예인관리협회야?"

"정말 어이가 없네요. 그나저나 그건 그렇다 쳐도, 다시 컴백하는 놈들은 뭐예요?"

연예인들은 자숙 기간이 좀 지나면 소위 세탁이라는 걸 거쳐서 다시 활동을 시작한다.

눈물로 반성하고 있다고 말하는 모습을 보여 준 다음 다시 방송에 나와서 낄낄거리는 것.

심지어 그걸 가지고 누군가 이야기를 꺼내면 무차별적으로 고소하면서 시청자의 입에 재갈을 물리려고 하는 인간도 있다.

"그것도 웃긴 거란 말이지."

물론 과도한 처벌이 이루어지는 것도 나쁜 거지만 선 넘는 행동을 한 놈이 한 1년쯤 휴가 좀 즐기다 돌아와 자숙했다고 낄낄거리는 것도 시청자 입장에서는 불편하다.

"뭐, 그게 문제이긴 해요. 그런데 활동 금지 처분을 받은 것도 아니고, 또 같은 회원사 소속이 되면 그제야 다시 컴백한다고 제소하는 것도 웃기고."

그러니까 뭔 짓을 했어도, 활동하러 돌아온다고 했을 때 소속사에서 받아 주면 협회에서는 터치하지 않는다는 거다.

"아니, 잠깐 잠깐. 그러면 말이 안 되지 않습니까? 그러면 협회의 존재에 무슨 의미가 있습니까?"

연예인들의 부당한 행동을 컨트롤하겠다, 그게 바로 연예인관리협회의 주장이다.

하지만 그런 상황이 발생한다는 건 사실상 전혀 통제를 못하고 있다는 뜻이 된다.

"네, 실제로 그들이 하는 대부분의 통제는 마약이나 음주운전, 도박 등에 관한 부분이 아니에요. 회사에 반기를 든 연예인들에 관한 거지."

회사에 반기를 들거나 법에서 정한 정당한 대가를 요구하는 연예인들이 활동하지 못하도록 막는 게 주요 업무가 되어 버린, 점점 비틀린 이권 단체가 되어 가고 있다는 것.

"웃기네요, 진짜."

서세영은 고연미의 말에 그렇게 말할 수밖에 없었다.

"노 변호사, 어떻게 생각하나? 자네가 컨트롤할 수 있겠나?"

"글쎄요. 애매하기는 하군요. 법률적 대상이 아니니까요. 정확하게는, 해 봐야 의미가 없고요."

연예인관리협회에서 활동 금지 처분을 내린다면 그에 대해서 소송할 수는 있다.

"하지만 거기서 이긴다고 해서 연예인관리협회에서 내린 처분의 효력이 없어지는 게 아니니까요."

애초에 법적으로 처분한 게 아니라 조직의 위력을 이용한 일종의 압박이니, 법적으로 풀어 봐야 그 압박이 사라지는 건 아니다.

"그래도 이번에는 소안이 명백한 피해자 아닙니까?"

"전에는 뭐 안 그랬나요? 전에도 다 그랬어요. 도리어 좀 힘이 있다 싶으면 저쪽이 먼저 꼬리를 만다고요."

"꼬리를 말아요?"

"이 짓거리를 하는 대상은 오로지 한국인뿐이에요."

"한국인뿐이라니요?"

"중국에서 온 애들이 소속사 뒤통수 후려치고 튄 게 어디 한두 번이에요?"

해당 소속사들이 정상적으로 업무를 진행했음에도, 중국 출신 연예인들은 한국 계약서를 무시하고 중국으로 도망가 현지에서 활동한 게 하루 이틀 문제가 아니다.

"하지만 그놈들에게는 단 한 번도 활동 금지 처분이 내려진 적이 없어요. 왜겠어요?"

"중국에서 항의할까 봐 무서운 거군요."

"맞아요."

"어이가 없네요."

중국은 사실상 이제 수익이 거의 나지 않는 상황이라고 봐도 무방하다.

한한령 이후로 중국 활동 자체가 막혔으니까.

음원 발매? 팔리는 음원은 소수고, 대부분은 불법 유통이다.

광고? 한국 연예인을 안 쓴 지 오래되었다.

드라마? 출연 못 한다.

기타 행사? 애초에 한국 사람은 불러오지도 않는다.

도리어 그들은 한국을 대표하는 K팝을 아시안팝이라는 이름으로 불러야 한다고 주장하고 있다.

이유는 간단하다. 그렇게 함으로써 중국의 일부로 흡수하고 싶기 때문이다.

"그런데 여전히 눈치를 본다 이거군요."

"그러니까 웃긴 거죠."

진짜 칼질하는 사람에게는 찍소리도 못 하면서 상대적으로 힘이 약한 곳에만 지랄한다는 거다.

"거기다 톱스타들은 아예 건드리지도 못하고요."

"하긴, 톱스타들은 건드려 봐야 뭐 의미가 없죠."

"당연히 대형 기획사는 아예 신경도 쓰지 않죠."

"그럴 겁니다."

대형 기획사쯤 되는 곳들이 연예인들의 정산금을 빼돌려 먹을 이유가 없다.

"그렇다고 해서 연예인관리협회가 마냥 악의 축은 아니지 않나? 그간 보면 그들도 나름 자기 일을 하는 것 같던데."

예를 들어 연예인이 제작사에서 돈을 제대로 받지 못하거나 방송국에서 억울하고 부당한 일을 당했을 때 나서서 압박을 가하는 것 역시 연예인관리협회라는 거다.

"동전의 양면과 같다 이거군요."

이 바닥은 워낙 양아치가 많으니까 중재해 줄 단체가 필요하기는 하다.

엔터 업계에서 양아치는 매니지먼트에만 있는 게 아니다. PD 쪽도 있고 제작사 쪽도 있다.

"문제는 이런 상벌위원회는 거의 100% 인맥으로 이루어진다는 거예요."

돈을 받지 못하는 거야 연예인만의 문제가 아니다.

출연료라고 이야기하기는 하지만 그 안에는 엔터테인먼트의 활동비나 수수료 역시 포함되어 있으니까.

"상벌위원회는 거의 100% 엔터테인먼트 쪽 의견을 받아들인다고 보면 돼요. 특히 카라스엔터 사장은 이 바닥에서 벌써 20년 넘게 굴러먹은 사람이에요. 하급 직원이던 시기까지 합하면 30년이 넘을 거고요. 연예인관리협회 쪽 인맥이 장난이 아니겠죠."

노형진은 그 말에 고개를 끄덕거렸다.

"하긴, 그렇겠죠. 이상조라고 했던가요?"

"네."

"바닥에서 꼭대기까지 올라온 입지전적인 사람이기는 하군요. 그래서 더 이상하지만."

"네?"

노형진의 말에 고연미 변호사가 고개를 갸웃했다.

"간단한 겁니다. 그렇게 경험이 많은 사람이 이런 짓을 했다는 게 이상하다는 거죠. 경험이 많을수록 도리어 이런 짓은 하지 않는 게 맞습니다. 오래가야 하니까요. 이런 방식은 뭐랄까, 한탕 크게 하고 내빼는 사기꾼 스타일이라서요."

노형진은 머리를 긁적거리며 계속 말을 이었다.

"정상적인 엔터테인먼트라면 이런 방식은 택하지 않습니다. 그런데 그만큼 오랜 경험을 가진 사람이 이런 짓을 했다는 게 아무래도 좀처럼 이해가 가지 않는군요."

"아…… 그건 그러네요."

그때 듣고 있던 고문학이 입을 열었다.

"확실히 이상한 부분이 없는 건 아닙니다."

"이상한 부분?"

"이상조 사장은, 투자를 받기에는 실적이 없거든요. 바닥부터 30년이라지만, 30년간 성공한 그룹의 메인이 된 적이 단 한 번도 없습니다."

이상조는 스스로 톱스타를 만들어 낸 적이 없다고 한다.

심지어 톱스타를 넘겨받아 도리어 망친 경험이 있다고.

그 말에 서류를 한참 들여다보던 고연미가 뭔가를 알아차리고 의아하게 중얼거렸다.

"그런 사람에게 투자를 하는 사람이 흔하지는 않을 텐데……?"

그때 문득 노형진이 혀를 끌끌 찼다.

"그러고 보니 고연미 변호사도, 그리고 세영이도 착각하는 부분이 있군요."

"착각이라니요?"

"내가? 무슨 착각을 한다는 거야?"

"연예인관리협회는 엔터테인먼트조합처럼 연예인이 아니라 엔터테인먼트 회사들의 집단이라는 거."

"그게 왜?"

"당연한 거 아니야? 어떤 집단이 자기 이권과 관련이 없는 사람을 챙겨 줘? 당연히 자기네 이권이 우선 아니야?"

"아!"

"어? 그러고 보니……."

연예인관리협회에 속한 사람은 가수나 배우 같은 연예인이 아니라 엔터테인먼트 회사들이다.

당연히 그들이 수호해야 하는 건 배우나 가수의 이득이나 사회적 정의가 아니라 엔터테인먼트 회사의 이득이다.

"그런 조직에 가서 '우리 억울하니까 제대로 판단해 주세요.'라고 해 봐야 뭐가 바뀌겠어."

어차피 그들이 지켜야 하는 이득은 배우나 가수 같은 연예인들에게 있지 않은데.

"좀 잔인하게 말하면, 엔터테인먼트 입장에서 연예인은 투자 상품이야. 그들을 사람으로 안 본다고. 그러니 당연히 연예인의 인권이나 그들의 정당한 권리에 대해 신경을 쓰지 않지."

노형진의 정확한 지적에 두 사람 다 뭐라고 말을 못 했다.

"이권이라는 건 그런 거야. 결국 그들이 하는 말은 다 자기 이권과 연관된 거지. 다만 그걸 얼마나 잘 포장하느냐가 문제일 뿐이고."

그들은 연예인들의 권한과 복지를 거론하고 그걸 위해 몇 번 싸우기도 했다.

하지만 그들이 싸우는 가장 큰 이유는 결국 이권을 쥔 엔터테인먼트 기업을 위해서다.

"멀리 갈 필요도 없어. 노조가 언제 계약직 노동자를 위해 싸운 적 있어?"

"그……."

"없지. 왜냐하면 노조는 계약직 노동자를 사람으로도 취급하지 않으니까."

실제로 대형 노조들은 계약직 노동자들을 조합원으로도 받아 주지 않는다.

그들이 계약직 노동자를 일원으로 인정하고 싸움에 끌어들이는 경우는 오로지 숫자를 불려서 회사나 정부에 위협을 주고자 할 때뿐이다.

그마저도 목적이 달성되는 순간 그들은 계약직 노동자들이나 파견직 노동자들을 완전히 쌩까 버린다.

"계약직 노동자들과 함께 밥 먹는 거 기분 나쁘다고 아예 식당조차 구분해 달라고 하는 게 노조야."

"……."

"그 당사자들이 뭘 원하는지, 그리고 그걸 어떻게 얻으려고 하는지부터 알아야 확실하게 상대방을 압박할 수 있다고."

노형진은 서세영에게 강하게 말했다.

그리고 서세영은 인정할 수밖에 없었다.

"그러네. 애초에 조직 이름부터 '연예인관리'협회니까."

이름부터가 연예인을 관리 대상으로 보는 곳이다.

그런 곳이 연예인을 위해 싸울 리가 없다.

고연미가 걱정스러운 표정으로 말했다.

"그러면 어쩌죠? 배우나 가수를 끌어들여야 할까요?"

"가능하겠습니까?"

"힘들죠, 솔직히."

배우나 가수의 모임이 없는 건 아니지만 그들이 진짜로 연예인의 이권을 위해 싸우는 조직은 아니다.

어쩔 수가 없는 게, 연예계는 사실상 만인의 만인에 대한 투쟁이 기본적인 룰이기 때문이다.

내가 주연을 하면 누군가는 주연을 못 한다.

내가 가요 프로에서 1위를 하면 다른 누군가는 1위를 못 한다.

그렇다 보니 아무래도 결속력이 약하다.

"더군다나 그런 조직을 이끄는 분들은 사회적 영향력이 약합니다."

진짜 잘나가고 바쁜 연예인들은 그런 일을 할 시간 자체가 없다.

그래서 보통 그런 조직은 연예인 중에서 지명도는 있지만 나이를 좀 먹은, 그래서 연예계에서 나름 큰 어른으로 인정받는 사람들이 일종의 소일거리로 관리하는 경우가 많다.

"정치적인 능력도 투쟁적인 능력도 떨어지죠."

"하아…… 그건 그래요."

아무리 포장하려고 해도 그건 부정할 수 없다.

수십 년간 로비와 협상으로 다져진 엔터판의 인물을, 순수하게 연기만 한 사람이 나이 좀 먹었다고 해서 이기는 건 불가능하다.

"그러면 어쩌지?"

"글쎄. 일단은 만나 봐야지."

노형진은 당연하다는 듯 물었다.

"카라스엔터가 연예인관리협회에 제소했다지만, 그쪽에서 연예 활동 금지를 걸 생각이 없다면 의미가 없는 거 아니겠어?"

"하긴, 그건 그런데……."

그간의 상황으로 그럴 가능성이 낮다는 사실을 알고 있는 고연미는 쓰게 웃는 것 말고는 할 수 있는 게 없었다.

⚖

연예인관리협회는 오래된 곳이다.

활동이 외부에 드러나는 일은 드물지만 적지 않은 힘을 가지고 있다.

그랬기에 노형진은 처음부터 적대적으로 나가지는 않았다.

저들이 적대적으로 나온다면 모르지만, 처음부터 싸울 이유는 없었다.

"협회장님도 아시겠지만 이건 명백하게 카라스엔터 측 잘

못입니다. 이미 소송에서도 카라스엔터가 진 거고요."

노형진은 고연미 변호사와 함께 연예인관리협회를 찾아가 차분하게 설명을 시작했다.

"끄응."

연예인관리협회의 협회장인 상관식은 그 말에 신음을 흘렸다.

"아슬아슬하게 진 것도 아니고 아주 처참하게 발렸습니다. 아시겠지만 그들은 최소한의 지원도 해 주지 않았어요."

물론 연습비 등 데뷔에 필요한 비용은 지출했다.

하지만 그 외의 다른 것, 즉 생활 전반에 필요한 지원이나 최소한의 품위 유지에 필요한 것은 전혀 주지 않았다.

"애초에 같이 생활하는 애들이 생활비를 부모님에게서 받아서 살아야 했다는 게 말이나 된다고 보십니까?"

"그건 말도 안 되죠."

그룹의 경우는 활동의 편의성 등 여러 가지 이유로 공동생활을 많이 한다.

그런 경우 그 경비는 회사에서 지급하는 게 일반적이다.

실제로 엔터테인먼트조합도 빈 건물이나 폐교의 최상위층을 개조해서 집단생활을 할 수 있는 시설을 갖추고 있다.

어차피 밥이야 내부에 있는 식당에서 먹으면 되는 거니까.

그것만 해도 엔터 입장에서는 큰 도움이 된다.

"그런데 생활비는커녕 전기세도, 가스비도 안 내 주는 게 말이 된다고 생각하십니까?"

적자가 너무 길어서 그랬다면 이해하기 위한 노력이라도 해 볼 수 있을 것이다.

하지만 카라스엔터테인먼트는 엔디아로 인해 매년 수십억의 매출을 기록했다.

"하지만 카라스엔터에서 그 엔디아를 데뷔시키는 데 쓴 돈이 100억이라고……."

노형진은 그 말에 코웃음을 쳤다.

'법원이 병신인 줄 아나?'

걸 그룹 한 팀 데뷔시키는 데 100억?

말도 안 되는 소리다.

"협회장님, 그걸 믿으세요? 저 아이돌 출신인 거 아시죠? 제가 얼마나 빡세게 굴렀는지도 아시죠? 그런데 그렇게 굴렀어도, 100억은커녕 2억도 못 썼어요."

100억이라는 말에 고연미 변호사의 목소리가 높아졌다.

"아니, 홍보비라는 게 있지 않습니까?"

"홍보비요? 애초에 100억씩 홍보비를 썼으면 엔디아가 한국에서 그저 그런 중간급 아이돌로 남았을 것 같아요?"

"그거야……."

"홍보비 100억이면 메이저 회사에서 작심하고 밀어주는 애들보다도 큰 규모예요. 그런데 카라스엔터가 정말 홍보비로 100억을 썼다고요? 그 말을 정말 믿으시는 건 아니죠?"

고연미 변호사가 흥분하는 듯하자 노형진은 그녀를 진정시키며 다시 상관식의 주의를 끌어왔다.

"과연 법원이 그걸 몰랐을까요? 법원도 작은 거 하나까지 다 따진 겁니다."

엔디아에 들이부은 투자금이 100억이라고 주장하지만 현실은 아무리 높게 잡아 봐야 12억에서 15억.

이게 법원의 판단이었다.

"애초에 엔디아를 키운 카라스엔터테인먼트의 총지출 금액이 100억이 안 되는데 어떻게 투자금이 100억이 됩니까?"

카라스엔터가 쓴 모든 돈, 사무실 유지비에 직원들 월급, 영업하고 마케팅하는 데 쓴 돈을 다 합쳐도 100억이 안 된다.

그런데 어떻게 엔디아에만 100억이라는 투자금을 썼단 말인가?

"법원에서도 그걸 악의적인 부풀리기라고 판단했습니다."

들어간 돈이 100억이 안 되는데 정산금을 주지 않기 위해 거의 세뇌에 가까운 방식으로 멤버들에게 너희들에게 100억이 들었다고 계속 떠들었다는 것.

"그걸 홍보 전략으로 쓴 것도 있고요."

사람들에게 100억 쏟아부은 걸 그룹이 만들어진다고 홍보하면 관심을 가지는 건 너무나 당연한 일이니까.

"하지만 결국은 다 뻥이죠."

애초에 그룹 하나 키우는 데 들어가는 돈이 100억이나 될 수가 없다.

일반적으로 엔터 바닥에서 풀로 교육을 해도 소요되는 비용은 2억에서 3억이라고 한다.

물론 상황에 따라, 그리고 연차에 따라 차이가 있겠지만 그 이상 들어가는 비용은 그다지 많지 않다.

"추가로 들어가는 돈은 훈련 비용보다는 앨범 제작비와 홍보비죠."

그거야 어떻게 홍보하느냐에 따라 달라지니 어느 정도 이해가 가기는 한다.

"하지만 엔디아가 100억요? 턱도 없죠."

진짜 거대한 엔터 3사도 홍보비에 100억씩 태우지는 않는다.

"업계에 대해 잘 아는 분이 설마 정말 그 말을 믿으시는 건 아니죠?"

노형진의 말에 상관식은 떨떠름한 표정이 되었다.

노형진의 말이 맞았기 때문이다.

'100억 걸 그룹'이라고 신나게 홍보했지만 자신이 보기에는 홍보비까지 다 합해도 20억이 되기 힘들다.

최대한으로 쳐줘도 30억 내외.

그것도 세를 포함한 온갖 잡비를 다 붙였을 때의 이야기다.

"전체 체불 지급액이 60억입니다, 60억."

거기다 법원은 계약에 따라 투자금을 모두 회수한 후에 60억이라는 판결을 내렸다.

그 말은 100억이 들었든 200억이 들었든 투자 원금은 이미 다 회수한 것으로 법원이 판단했다는 뜻이다.

"안 그렇습니까?"

"후우~."

"거기다 그 카라스엔터테인먼트 말입니다, 보니까 능력이 있는 것도 아니더군요."

엔디아는 한국보다 해외에서 인기가 많다.

그건 고연미 변호사가 직접 확인한 사실이고, 실제로 수익의 대부분은 한국이 아닌 해외에서 들어왔다.

"그런데 정작 해외 활동 자체가 거의 없다고 하더군요."

해외 공연이 아예 없는 건 아니지만 자체 행동이나 프로모션이라기보다는 K팝 해외 공연에 껴서 공연하는 수준이었다.

"멤버들이 영어 실력이 부족한 것도 아닌데 말입니다."

요즘은 워낙 한류가 강력하다 보니 기본적으로 영어가 들어간다. 그래서 실제로 들어간 비용을 정산할 때 적지 않은 영어 교육 비용이 포함되었다.

"그런데 해외 활동을 지원하지도 않았고요."

해외에서 우리 애들이 먹힌다, 그 사실을 알아차렸다면 당연히 해외를 공략하는 게 일반적이다.

실제로 한국에서는 그다지 인기 없는 그룹이 해외에서는 인기 많은 경우도 상당하기 때문이다.

"그런데 100억이라는 게 말이 됩니까?"

투자 비용 100억이라면 진짜로 해외 활동을 지원할 수 있는 전문 인력 한 팀을 통째로 고용하고도 남는 돈이다.

"끄응."

그 말에 상관식은 여전히 고민하는 듯했다.

'젠장, 이러면 곤란한데.'

사실 부탁받은 게 있어서, 원래대로라면 소안은 활동 금지가 될 가능성이 높은 상황이었다.

물론 그도 부당하다는 건 안다.

하지만 현실이 그렇게 녹록지 않다는 게 문제였다.

그런데 그런 소안에게 새론과 노형진이 붙었다.

노형진이 이 바닥에서 힘이 약한 사람도 아닌 데다 심지어 수틀리면 다 죽이겠다고 설치는 걸로 유명한 변호사이다 보니 상관식은 도무지 그의 말을 무시할 수가 없었다.

결국 그는 한참을 고민한 끝에 슬쩍 자기 살길을 만들어 두기로 했다.

"이건 외부로 흘러 나가지 않게 해 주십시오. 곤란한 얘기라서요."

"뭡니까?"

"사실은 카라스엔터에서 이미 손을 써 놨습니다. 거의 확정적으로 활동 금지가 떨어질 겁니다."

노형진은 그 말에 기가 막혀서 말을 못 했고, 조용히 듣고 있던 고연미 변호사는 흥분했다.

"아니, 그게 말이나 돼요? 소안이 뭘 잘못을 했다고!"

"저기 변호사님, 진정하시고. 일단 제 말을 들어 주세요. 좀…… 제가 이거 말한 게 알려지면 저도 곤란해집니다."

그 말에 노형진은 흥분하는 고연미 변호사를 진정시켰다.

"그 정도로 그놈이 힘이 셉니까?"

"세죠. 저보다 셉니다. 물론 제가 협회장 노릇을 하고 있긴 하지만, 이미 주요 임원들이 카르텔을 만들어 놨어요. 카라스엔터의 백기악도 그중 하나고요."

노형진은 그 말에 고개를 갸웃했다.

"백기악이 누굽니까?"

처음 듣는 이름에 되묻자 상관식은 흠칫했다가 이내 긴 한숨을 내쉬었다.

결국 드러날 수밖에 없는 일이고, 아무리 생각해도 노형진과 전면전을 하는 것은 전혀 좋은 생각이 아니었으니까.

더군다나 백기악은 그도 좋아하지 않는 인물이었다.

"그. 카라스엔터의 실질 소유주입니다."

"네? 하지만 카라스엔터의 대표는 이상조잖아요?"

고연미 변호사조차도 전혀 몰랐는지 어리둥절하여 물었다.

실제로 재판도 이상조를 대상으로 했고, 소송 현장에도 이상조가 대표로 나섰으니까.

하지만 상관식의 이야기는 들을수록 가관이었다.

"이상조는 표면상의 대표고 실제 주인은 백기악입니다."

"아니, 뭐 하는 놈인데 이 정도로 힘을 쓰는 거죠? 카라스엔터테인먼트가 세워진 지가 고작 5년인데요."

그 백기악이라는 사람이 얼마나 능력이 좋고 힘이 넘치는지는 모르지만 상식적으로 생긴 지 5년밖에 안 된 회사의 진짜 대표도 아니고 뒤에 숨어 있는 사람이 이 정도 권력을 가지고 있다는 게 고연미는 이해가 안 갔다.

"저도 이해가 안 가는군요. 딱히 능력이 있어 보이지는 않는데."

노형진이 봐도 그렇다.

물론 그간 엔디아가 나름 좋은 성적을 보여 준 건 사실이다.

하지만 그건 백기악 덕에 얻어 낸 결과가 아니다.

만일 제대로 된 사람이 있었다면 지금과 같은 문제는 생기지 않았을 테니까.

그런데 지금 카라스엔터는 주먹구구에 말도 안 되는 주장을 하면서 소송과 협박을 남발하고 있다.

"그게 말입니다……."

상관식은 잠깐 고민했다. 이건 은밀한 이야기였으니까.

하지만 어차피 이쪽으로 줄을 서기로 한 것, 제대로 서기로 했다. 그리고 노형진이 자신에게서 들었다고 이야기하지 않을 거라는 믿음도 있었다.

더구나 자신이 이야기하지 않더라도 노형진이 작심하고 백기악에 대해 캐기 시작하면 결국 밝혀질 수밖에 없는 사실이었기에 그는 더 이상 주저하지 않았다.

"물론 공식적으로는 그렇죠. 하지만 백기악이 엔터를 운영하는 건 이번이 처음이 아닙니다. 애초에 이번에도 백기악은 뒤에 있는 거니까 운영하는 것도 아니긴 하군요. 공식적으로는 말이죠."

"처음이 아니라고요? 경험이 많은가 보군요."

노형진의 말에 상관식이 목소리를 낮췄다.

"카라스엔터 전에는 블랙홀엔터테인먼트, 그 전에는 안드로메다엔터테인먼트, 또 그보다 전에는 아트엔터테인먼트까지 벌써 네 번이나 했습니다."

"다 처음 듣는군요."

"죄다 연예인들을 적당히 빨아먹다가 날렸거든요. 거기다 안드로메다엔터테인먼트랑 아트엔터테인먼트를 운영했을 때는 저희 협회 이사였고요."

"이사요?"

"네. 당연히 현 이사와 관리협회 사람들 전원이 알고 있지요."

상관식의 말에 고연미는 기가 막혔다.

그 정도로 상습적인 사람인 줄은 몰랐으니까.

"아니 그래도 그렇지, 이 정도로 권력이 강하다고요?"

"사실상 관리협회는 그의 권력 아래에 있다고 생각하시면 됩니다. 애초에…… 음…… 그 사람이 과거 M사의 출연 금지 사건 당사자이기도 하고."

"M사?"

그 말에 노형진은 고개를 갸웃했다.

하지만 고연미는 그 말을 듣자마자 얼굴이 굳어졌다.

외부에 드러나지는 않았지만 그 당시 방송계에서는 난리가 났던 사건이니까.

비록 그 당시 자신은 연습생이었지만 소속사가 뒤숭숭했던 건 기억난다. 결국 줄을 서야 했기 때문이다.

"그 일의 당사자라고요?"

"네. 그 일을 의결한 이사 중 한 명입니다."

"대체 무슨 일이었는데요?"

"과거에 연예인관리협회에서 M사 연예인들을 출연 금지시킨 사건이 있었어요. 한 8개월 정도 M사와 연예인관리협회가 싸웠죠. 그 당시에 M사의 드라마 제작도 막히고, 난리도 아니었어요."

"왜요?"

"그…… M사에서 연예인 노예 사건을 터트렸거든요."

과거 가수 계약서는 말이 연예인 활동 계약서지, 대놓고 '너희는 우리 노예니까 시키는 대로 해야 하고 노동의 대가를 땡전 한 푼 못 받아 가도 어쩔 수 없다.'라고 적혀 있다고 봐도 과언이 아니었다.

그도 그럴 것이, 그때는 조폭들도 많았고 조폭 자금이 엔터판으로 많이 들어온 시기였으니까.

심지어 톱 가수가 엔터테인먼트 사장에게 두들겨 맞아 반병신이 되었는데도 그냥 잠적할 수밖에 없었던 시기도 있었다.

"그런데 M사에서 그걸 뉴스로 때린 거죠. 그로 인해 엔터판이 난리가 났고요."

"아, 그 사건. 기억나는군요."

엔터 관련이니 뭐니 하는 건 잘 모르지만 그 노예 계약 사건은 기억난다.

그 사건으로 인해 정부에서 대대적인 전수조사를 했고, 그 후에 표준계약서가 등장하는 등 많이 바뀌었으니까.

그게 의무화된 건 아니지만 최소한 과거처럼 계약서를 빌미로 노예로 삼는 건 불가능해졌다.

"당시 연예인관리협회에서 그걸 터트린 M사의 연예인들에게 모조리 출연 금지를 걸어 버렸죠."

"그런 짓을 정말로 했다구요?"

"네. 나중에는 어떻게 화해하기는 했지만……."

처음에는 연예인관리협회도 협박이 먹힌다고 생각했지만 M사도 빡쳐서 아예 속하지 않은 애들 위주로 쓰기 시작하고, 다른 방송국들과 협력해서 역으로 연예인관리협회 소속사에 대한 출연 금지를 걸어 버리려고 했다.

방송사들도 뉴스 내용이 자기들 마음에 들지 않는다고 출연 금지를 걸어 버렸던 연예인관리협회의 행동을 극히 좋지 않게 봤으니까.

지금은 M사 한 곳뿐이지만 나중에는 다른 곳에도 그런 짓을 할 게 뻔했다.

"그 사건으로 세 곳의 거대 엔터가 생겨났다고 해도 과언이 아니죠."

"그 정도예요?"

"네."

적당히 도움을 주고받는 관계에 있던 연예인관리협회에서 선빵을 치자 방송국들은 그 당시 연예인관리협회에 속해 있지 않던 엔터들 중 그나마 큰 곳을 밀어주기 시작했다.

그러자 연예인들이 눈치를 채고 그 엔터들로 몰려갔고, 결과적으로 연예인관리협회의 파워가 약해지기 시작했던 것.

"잘 아시니 이야기가 빠르겠네요. 백기악은 그 당시 이사회 소속으로, M사의 출연 금지를 걸어 버린 당사자 중 한 명입니다."

노형진은 기가 막혔다.

그 사건이 터진 시기에 이사급이었다면 지금도 권력이 상당할 테니까.

"물론 나중에는 적당히 화해하고 문제가 생기지 않게 무마되었지만 그 사건으로……. 아시겠지요?"

"그래서 차명으로 사업한 겁니까?"

"책임지기 싫은 것도 있었겠지만 사실 그 부분도 무시 못하죠."

방송국에서 그가 그런 짓을 한 걸 모를 리가 없으니, 그가 운영하는 엔터테인먼트와는 당연히 함께 일하고 싶어 하지 않을 것이다.

"그래서 사업을 오래 못 끌고 가는 것이기도 합니다."

"끄응."

오래 활동하다 보면 실제 사장이 백기악이라는 사실이 알려질 테니 방송국에서 그 소속사 애들을 출연시켜 주지 않을 거다.

물론 진짜 톱 티어 월드 클래스가 된다면 개인적인 감정을 접고 출연시켜 주겠지만, 애초에 그런 애들은 방송에 출연하는 게 도리어 손해다.

"거기다가 그 사건으로 고생했던 PD들이랑 AD들이 현재 방송국의 핵심 인사가 되었으니까요."

"하긴, 시간의 흐름을 보면 그렇겠네요."

방송에 출연자를 섭외해야 하는데 백기악의 방해로 아예 출연자를 고를 수도 없게 되었다면 과연 기분이 어땠을까?

그렇잖아도 방송국 직원들의 콧대는 장난 아닌데 말이다.

"거기다 그 당시에는 백기악이 대표였으니까."

자신을 찾아온 방송국 PD들을 찬밥 취급하면서 쫓아 보낸 당사자에게 좋은 감정이 생기려야 생길 수가 없다.

"그다음부터는 바지 사장을 내세우고 일을 하기 시작했습니다."

그런데 장기적으로 성공시킬 수가 없었다. 혹시나 방송국

에서 알아차리면 그걸로 끝이니까. 그러니 빨리 빨아먹고 쳐
내는 방식으로 계속 기업을 운영했던 것.

"그다지 능력 있는 놈은 아닌 것 같은데."

"사실 엔디아는 생각도 못 하게 터진 것에 가깝습니다. 정
확하게는 그 작곡가랑 안무가가 능력이 좋았던 거죠."

그저 그런 수준으로 만들어서 적당히 행사만 돌리다가 문
제가 생길 것 같으면 쳐 내는 게 백기악의 방식이었다.

실제로 그간 그가 데뷔시킨 가수나 그룹 중에 가능성 있는
이들이 없었던 것은 아니었다.

"하지만 제대로 된 지원이 없어서 대부분 흐지부지 끝났죠."

"흠."

그래야 적당히 해 처먹고 꼬리 자를 수 있을 테니까.

"그런데 엔디아의 경우에는 뭐랄까, 젊은 층의 취향을 제
대로 저격한 셈이라서요. 그것도 해외 쪽에서요."

"하긴, 그 사건의 책임자였다면 해외시장에 대해 전혀 모
르는 게 당연한 나이겠군요."

그 당시만 해도 한류의 초기 단계였고 해외 활동에 거품이
잔뜩 껴 있었던 시절이니까.

"그런데 인터넷이 모든 걸 바꿨죠."

특히 유튭이 모든 걸 바꿔 놨다.

그 전에는 소위 '영업'이라고 하는 행위에 한계가 있었다.

영업이란 팬들이 자기가 좋아하는 그룹을 주변에 홍보하

는 행위를 말하는 은어인데, 과거에는 매우 불편했다.

그도 그럴 것이, 아이돌을 영업하기 위해서는 앨범을 사서 건네주거나 음악 전문 사이트에서 돈 주고 들어 보라고 권해야 했기 때문이다.

돈이 덜 드는 방법도, 휴대용 카세트 같은 걸로 같이 음악을 듣거나 컴퓨터로 음반을 직접 CD 같은 것에 담아서 주는 것뿐이라 매우 불편했고 접근성도 떨어졌다.

하지만 유튭이 등장하면서 아이돌 영상이 딤긴 SNS 링크 하나만 휙 날리면 되는 형태로 바뀌어서, 영업이라는 행위가 아주 간편하고 효과적으로 변했다.

"엔디아는 그러한 입소문으로 성공한 애들이고요."

노형진도 인터넷에서 소문으로 들어 엔디아에 대해 알고 있을 정도였다.

뭐, 100억이 들었네 뭐네 하지만 실제로 홍보비에 그렇게 큰돈을 들이지는 않았으니까.

"그래서 갑자기 터지니까 당황했다 이거군요."

"네, 맞습니다."

그러면 이해가 간다.

100억이나 들였는데 왜 해외 활동 준비가 전혀 되지 않았는지.

왜 인기에 비해 방송이나 광고 활동 등이 적었는지.

왜 인기에 비해 연예계에서 존재감이 약했는지.

존재감이 그렇게 약한 상황에서도 그 정도 수익을 낸 것이니 포텐셜 자체는 충분했지만, 카라스엔터 자체에 수익 창출 능력이 없으니 답이 없었을 거다.

"하지만 이런 짓을 하고도 기존에는 문제가 안 되었단 말입니까?"

"그게 말이죠, 보통은 그냥 포기하거든요."

소송을 해도 이길 가능성이 낮고, 설사 이긴다고 해도 받을 돈이 별로 없다고 생각해서 보통은 그냥 포기하고 떠나는 게 일반적이었던 것.

"하지만 요즘 애들은…… 보통이 아니죠."

"보통이 아닌 게 아니라 그게 정상인 겁니다."

앞으로 활동을 하지 않을 수는 있다.

하지만 지금까지 벌어 놓은 돈을 모조리 포기하고 가는 사람은, 요즘은 거의 없다.

"그리고 말입니다, 요즘은 옛날처럼 위협 좀 한다고 해서 겁먹는 애들 별로 없습니다."

이제 엔터 업계에서 조폭들의 자금은 완전히 빠졌다.

엔터 업계를 지배하는 건 조폭이 아니라 자본이며, 자본은 문제가 생기는 걸 극도로 싫어한다.

"그리고 요즘 애들도 그걸 알고요."

"후우~."

그 말에 상관식은 고개를 끄덕거렸다.

"압니다, 알죠. 그런데 이 백기악 파벌은 아직도 그걸 못 받아들여요."

지금은 연예인관리협회도 나름 많이 바뀌려고 노력 중이다.

20년 전, 30년 전처럼 윽박지르고 위협하고 출연 금지 시킨다고 해서 해결되는 시대가 아닌 것이다.

"그런데 그 백기악을 비롯한 이사진은 아직도 출연 금지 한 방이면 인생 조질 수 있다고 위협하는 분위기가 팽배합니다."

"그러면 공식적으로 연예인관리협회는 어쩔 수 없이 소안의 활동 금지에 동의하기로 결정하겠군요."

"상벌위원회 결과는 그렇게 나올 겁니다. 물론 일부가 반대하기는 하겠지만……."

현실적으로 그건 이빨도 제대로 안 들어갈 가능성이 크다.

"알겠습니다. 그러면 그다음 문제는 저희가 해결하도록 하죠."

"어쩌시려고요? 이런 말씀 드리기 죄송합니다만, 연예인관리협회의 파워는 결코 약하지 않습니다."

상관식은 현재 연예인관리협회의 협회장이기에 연예인관리협회 이사들의 힘을 누구보다 잘 알고 있다.

협회장인 자신조차도 무시할 정도의 힘을 가진 게 바로 그들이다.

"생각을 해 봐야지요."

그렇게 말하는 노형진의 머릿속은 복잡하기 그지없었다.

세상을 못 따라오는 놈들

"역시 그렇군."

김성식은 딱히 놀랍지 않다는 얼굴로, 노형진의 보고에 시큰둥하게 말했다.

"나이 먹은 노친네들이 시대가 바뀌는 걸 못 따라오는 거야 하루 이틀 문제도 아니고."

김성식의 말에 노형진은 피식 웃었다.

"뭐, 그게 방송만의 문제가 아니지 않습니까?"

"그건 그렇지."

김성식은 피식 웃으며 말했다.

듣고 있던 서세영이 뭔가 생각난 듯 작게 웃으며 중얼거렸다.

"그러니까. 그러고 보니 얼마 전에 생긴 협회 생각나네."

"어디?"

노형진은 고개를 갸웃했다.

그러자 서세영이 기억을 더듬다가 곧 입을 열었다.

"한국래퍼협회인가."

"아, 내가 말해 준 데?"

"응. 내가 그 말을 듣고 기가 막혔다니까. 아니, 래퍼라며? 그런데 임원진 평균 나이가 60이 넘는다는 게 말이 돼?"

한국에 래퍼협회라는 게 생겼다.

그 사실 자체는 아무 문제 없다.

그런데 랩은커녕 나이 육십 먹어서 발음이 샐 나이의 사람들이, 했던 말도 까먹고 다시 할 나이의 사람들이 갑자기 래퍼협회를 만들어서 정부에 래퍼 지원책을 요구하기 시작했다.

"뭐, 뻔한 거죠. 그건 돈 내놓으라는 거죠."

고연미도 누구보다 그들 속셈을 잘 알기에 그냥 쓰게 웃을 수밖에 없었다.

김성식도 고개를 절레절레 저었다.

"하여간 깨끗한 곳이 없네. 그나저나 노 변호사, 어떻게 될 것 같나? 소안 양을 보호할 수 있겠나?"

"뭐, 사실 보호하는 건 어렵지 않습니다."

노형진은 고개를 끄덕거렸다.

"현재 소안 양은 계약 해지당하고 단독 활동 중이니까요. 대룡엔터테인먼트와 계약하라고 하면, 연예인관리협회에서 활동 금지 처분을 걸거나 백기악이 지랄한다 해도 사실 의미가 없겠죠."

"간단하다면 간단한 문제군."

연예인관리협회가 아무리 힘이 세다고 해도 그들의 활동 금지 처분에 강제력이 있는 것도 아니고, 대룡에 속한 가수에게 활동 금지를 걸어 버리면 그 순간부터 대룡에서는 연예인관리협회에 속한 소속사를 하나씩 박살 낼 거다.

"그냥 기획사에 소속된 연예인을 빼 와도 되고, 아니면 해지 소송이나 세무 조사 관련 압박을 해도 되고요."

정작 규모가 큰 엔터는 연예인관리협회에 들어가 있지 않다. 들어갈 이유가 없는 거다.

뭉쳐야 힘을 낼 수 있는 자들이 모이는 곳이니, 이미 힘을 가진 자들은 거기에 들어가 봤자 의미가 없다.

"하지만 고연미 변호사님은 반대하시겠죠."

"맞아요. 백기악이라는 그놈이 한두 번 이 짓을 하는 것도 아니고. 이번에 어떻게 소안은 구한다고 해도 아직 멤버들이 여섯 명이나 남아 있어요."

엔디아는 7인조이고, 소안을 뺀다고 해도 여전히 여섯 명의 멤버가 그들에게 착취당하고 있다.

"아마 그녀들도 착취당하다 결국 이 꼴 나겠죠."

"맞아. 그리고 이런 말 하긴 그렇지만 대룡에 들어가서 활동하기에는 소안이라는 가수…… 그…… 급이 좀 부족하지 않아?"

"많이 부족하지. 적당히 컨트롤하기에는 대룡도 한계가 있어."

노형진의 부탁대로 소안을 대룡에서 받아 줄 수는 있다.

하지만 활동시키는 것은 전혀 다른 문제다.

"소안은 솔로 활동 경험도 없고, 연기력도 검증된 게 없어. 물론 엔디아를 이끄는 리더로서 활동했고 또 예능도 활발하게 하기는 했지만, 딱 그 정도지."

솔로로 돌리기에는 인지도가 부족하고, 연기자로 돌리기에도 부족하다.

"그렇다고 다른 그룹을 만들어서 데뷔시키자니 시간이 걸리고."

소안이야 그 실력이 충분하겠지만 그룹을 데뷔시키는 건 충분한 시간을 들이고 계획을 세워야 하는 일이다.

소안 때문에 그룹을 대충 만들 수는 없다.

연습생들과 데뷔하는 사람들의 인생이 걸린 일이니까.

"그러면 공론화는 어때요? 공론화하면 그래도 연예인관리협회에서 부담을 느끼지 않겠어요?"

확실히 방송이나 엔터테인먼트와 아주 밀접한 관련이 있는 일이다 보니 공론화하면 사람들이 관심을 보일 거다.

"하지만 아주 잠깐만 그러겠지."

"응? 그게 무슨 소리야, 오빠?"

"결국 연예인관리협회 상벌위에서 하는 처벌에는 강제력이 없다는 거야."

방송국 등 다른 곳에서 연예인관리협회의 결정을 따를지에 대한 판단은 각자의 재량에 달려 있다.

"그 말은, 상벌위원회 없이 그냥 은밀하게 전화해서 압박을 가하면 우리가 막을 방법이 없다는 거지. 그리고 그런 걸 공론화로 압박하기에는 사건의 중요도가 상대적으로 떨어져."

"아……."

공론화하면 보호가 가능하긴 할 거다.

하지만 결코 오래가지는 못할 거고, 사건의 규모나 특성상 채 두 달도 지나기 전에 사람들의 머릿속에서 완전히 사라질 거다.

"그 후에 상벌위원회를 열든 전화를 하든 하면 된다는 거지."

"끄응."

그 말에 서세영은 실망한 눈치였다.

나름 좋은 압박 수단이라 생각했는데 생각해 보니 상대방은 자신들보다 언론을 대하는 데 능숙한 집단이라는 걸 잊어버린 거다.

그렇게 서세영이 고민하는 듯하자 고연미가 나름 해결책을 제시했다.

"그러면 연예인관리협회를 대상으로 파워 싸움을 하는 건 어떨까요? 우리 말을 방송국이 무시할 리가 없잖아요."

"뭐, 그것도 방법이기는 합니다만."

사실 노형진도 처음에는 그 방법을 쓰려고 했다.

대룡엔터테인먼트와 엔터테인먼트조합이 힘을 합치면 분명 연예인관리협회와 싸워 볼 만한 전력이 되니까.

"하지만 피해자가 너무 많이 발생한다는 게 문제입니다."

"피해자요?"

"연예인관리협회의 이사진이야 신경도 쓰지 않겠죠. 하지만 자기 보호를 위해 연예인관리협회에 들어간 소규모 엔터들이 피해를 입지 않습니까? 거기에 속한 연예인들도요."

"아!"

"거기다 지금 연예인관리협회에 속한 곳 중에는 엔터테인먼트조합 소속의 회사도 적지 않더군요. 최악의 경우, 우리가 파워에서 밀릴 가능성 역시 무시 못 합니다."

물론 이쪽은 유형적인 지원을 하는 데 반해 저쪽은 그런 게 없으니, 진짜 싸운다면 이쪽이 유리하겠지만 말이다.

"하지만 혼란이 찾아오겠지요. 과거에 연예인관리협회와 M사의 싸움 때 분위기가 장난 아니었다고 했죠?"

"네? 아, 네. 그랬죠."

"그 싸움이 방송계 전반으로 퍼진다고 생각해 보세요."

"아……."

이제는 방송국도 한두 군데가 아니고, 네트웍플러스 같은 인터넷 기업들도 넘쳐 난다.

당연히 그들 모두가 참전하는 형태로 굴러가기 시작할 거다.

"거기다 제작사들도 우리 쪽 아니면 저쪽이라는 극단적 선택을 해야 합니다. 장기적으로는 한국의 엔터테인먼트 생태계에 치명적인 문제를 발생시킬 겁니다."

한류가 전 세계적으로 인기를 끈다고 해서 그게 영원하지는 않다.

당연히 그걸 지키기 위한 노력이 필요한데, 한국의 엔터테인먼트 업계가 반으로 나눠서 싸우기 시작하면 그러기 힘들어질 거다.

"좋은 생각은 아니군요."

"제가 싸움을 피하지 않는 편이긴 하지만, 그렇다고 모든 손실을 감수하면서 싸운다는 건 아닙니다."

"그러면 어쩔 생각인가?"

"제 생각에는 일단 우리가 숙이고 들어가는 게 어떨까 싶습니다."

"네?"

"뭐라고?"

"잠깐, 제가 잘못 들은 거죠?"

노형진의 말에 김성식도, 서세영도 그리고 고연미조차도 깜짝 놀라서 되물을 수밖에 없었다.

평소의 노형진이라면 절대로 택하지 않을 행동 방식이니까.

"자네, 진심인가? 우리가 숙이고 들어가자고?"

"네."

"하지만 우리가 숙이고 들어간다고 해도 백기악이나 그 패거리는 반성하거나 협상하지 않을 거예요."

도리어 자기들이 이겼다고, 어떻게 해서든 소안을 활동 금지시키려 할 거다.

"알고 있습니다. 그리고 동시에 자기 파워를 이용해 계속 패악질을 하려고 하겠지요."

"그걸 알면서도 숙이자는 건가?"

노형진은 그 말에 피식 웃었다.

하긴, 다들 노형진이 사건을 키우는 방식을 선호한다는 걸 알고 있다. 그런데 덮겠다고 하니 도리어 이해가 되지 않을 거다.

"그래서 숙이자는 겁니다. 싸움의 방향을 소안에게서 다른 쪽으로 옮기려고 하거든요."

"뭐?"

"상벌위원회보다 더 강한 혼란을 야기한다면 과연 내부가 어떻게 되겠습니까?"

"더 강한 혼란?"

"네. 상벌위원회는 말 그대로 소수의 모임입니다."

연예인의 활동 금지를 거는 행위를 모든 소속사가 모여서 할 수는 없다.

그러니 소위 이사진이라고 불리는 상벌위원회 구성원들이

모여서 결정할 거다.

"그런데 그 이사들을 뽑는 건 누구입니까?"

"그거야 협회 사람들이겠죠."

정확하게는, 협회에 속한 엔터테인먼트의 대표들일 거다.

"네. 그러니까 우리가 연예인관리협회에 들어가는 겁니다."

"우리가 들어간다고요?"

"그게 의미가 있어?"

고연미와 서세영은 살짝 이해하기 어렵다는 듯 고개를 갸웃했지만 정치 사건을 맡은 경험이 많은 김성식은 바로 알아차리고는 고개를 끄덕거렸다.

"내부에서 싸우겠다 이거군."

"네. 일을 키우는 게 제 전문이기는 하지만, 그렇다고 축소하지 말라는 법은 없으니까요."

"우리가 들어가면 어떻게 되는데요?"

"간단하지. 우리도 똑같은 한 표를 얻게 된다네."

"어차피 속한 곳들이 많다면서요?"

서세영은 그래도 이해가 되지 않는다는 듯 물었다.

엔터테인먼트조합과 연예인관리협회 양쪽 모두에 속한 곳들이 이미 많은 상황에서, 남은 사람들이 다 들어가 봤자 이쪽 표가 확 많아지지는 않을 테니까.

"대룡이나 몇 개 기업이 거기에 들어간다고 해도 결국 표 숫자는 거의 변동이 없을 거야. 회원사가 막 두 배 세 배 늘어나지는 않을 테니까."

"그런데요?"

"하지만 내부에 신경 쓸 기업이 생긴다면 기존 집단은 혼란스러울 수밖에 없지."

"아하!"

지금까지야 엔터테인먼트조합 소속 회사들도 연예인관리협회에서는 누구 눈치도 보지 않고 자신들의 생각이나 친목 관계에 따라 표를 행사하면 되었다.

"하지만 대룡이 가입한다면 이야기가 달라지지."

대룡은 메이저 회사고, 한국에서 가장 강력한 힘을 가진 곳 중 하나다.

공통적으로 엔터테인먼트조합 소속으로 되어 있지만 그 혜택의 대부분을 제공하는 것도 결국 대룡엔터테인먼트다.

"그러면 최소한 엔터테인먼트조합에 속한 곳들은 대룡엔터테인먼트의 눈치를 보게 될 거야."

그간 눈치 볼 거 없이 신나게 권력을 휘두르던 놈들 입장에서는 날벼락이 떨어진 거나 다름없을 거다.

산속에서 토끼를 대상으로 권력을 휘두르던 여우들 사이에 호랑이가 나타난 셈이니까.

"반대하거나 받아들이지 않으면요?"

노형진은 서세영의 말에 빙긋 웃었다.

"그것도 나쁘지 않지요. 연예인관리협회가 왜 생겼습니

까? 서로서로 뭉쳐서 권력과 힘을 만들고, 그렇게 함으로써 스스로를 지키려고 생긴 거 아닙니까?"

"최초 목적은 그랬죠."

"맞습니다. 그런데 가장 강력한 호랑이가 키워 주겠다고, 그리고 지켜 주겠다고 평등한 입장에서 함께하겠다는데 그걸 반대한다면 다른 사람들은 어떤 기분이 들까요?"

"아하!"

조직에 대한 확신이 확 사라질 거다.

연예인관리협회에 속한 사람들이 과연 이사진의 전횡을 조금도 모를까?

'그럴 리가 없지.'

그럼에도 참는 건, 자신들을 지킬 힘이 필요하기 때문일 거다.

하지만 최근에 연예인관리협회는 그런 모습을 보여 주지 못하고 있다.

사실상 그 업무를 엔터테인먼트조합이 하고 있으니까.

"그 상황에서 자신들을 도와주겠다는 사람마저 반대한다면, 최악의 경우는 아예 나와서 새로운 조직을 만들겠다고 할지도 모르죠."

어차피 보호해 주지도 않는 놈들과 계속 함께 있어 봐야 의미도 없으니까.

"그리고 그런 경우는 문제가 그다지 커지지 않습니다."

한류나 엔터 업계의 문제가 아니라 연예인관리협회 내부의 권력투쟁이 되니까.

　"마치 찻잔 속의 태풍처럼, 외부에는 문제를 일으키지 못하죠."

　대룡도 연예인관리협회 소속이라고 활동 금지를 걸 수가 없고, 반대로 연예인관리협회의 이사들도 대룡 소속이라는 이유로 활동 금지를 걸 수 없다.

　설사 한쪽에서 금지한다 해도, 혼란스러운 상황에서 어느 방송국도 그걸 들어주지는 않을 거다.

　"그랬다가는 찻잔 속의 태풍이 세상으로 뛰쳐나올 테니까요."

　방송계에서는 그냥 태풍이 찻잔 속에서 끝나기를 바랄 수밖에 없으니, 그들이 할 수 있는 최선의 선택은 양쪽 다 무시하는 것.

　"허."

　"맨날 일을 키우는 줄 알았는데, 이번에는 반대네요?"

　"필요에 따라 그런 겁니다. 이번 일은 굳이 키울 이유가 없죠."

　노형진은 빙긋 웃으며 말했다.

　"그놈들한테 폭풍만 일으켜 주면 알아서 싸울 테니까요, 후후후."

"연예인관리협회요? 거기는 좀······."

박상규는 부정적으로 반응했다.

자신과 반대되는 의견을 말한다고 해서 노형진이 꼬장을 부리는 인간이 아니라는 걸 알다 보니, 아무리 그가 권한다 해도 할 말은 하는 것이다.

"안 좋으신가 보군요?"

"일단 목적성 자체는 좋습니다. 하지만 어딜 가나 그렇듯이, 권력이 목적을 제압한다고 해야 할까요?"

"무슨 소리인지 알겠네요. 거기 이사진에 문제가 있다 이거군요."

"아십니까?"

"그쪽이랑 싸우고 있으니까요."

사실 연예인관리협회가 생긴 최초의 목적은 '스스로를 지키기 위해 힘이 필요하니 함께 모이자.'였다.

"아시겠지만 과거에는 연예인들을 몸 파는 창녀나 창남 취급하는 놈들이 많지 않았습니까?"

"그건 그렇죠."

"그런 거에 저항하자고 만들어진 조직인데······."

"그건 엔터테인먼트조합도 마찬가지 아닙니까?"

"끄응······ 그렇죠."

사실 연예인관리협회나 엔터테인먼트조합이나 결국 같은 목적을 가지고 만들어진 조직이다.

　　외부에 대한 저항. 부당한 압력에 대한 몸부림.

　　"다만 그들은 실패했고 우리는 성공한 것뿐이죠."

　　"왜 그렇게 된 건지……."

　　"애석하게도 좁쌀은 모아 봐야 좁쌀이죠. 같은 그릇에 담아 둔다고 해서 뭉치는 건 아닙니다."

　　이런 계획의 핵심은 하나로 뭉쳐서 저항하는 거다.

　　상대방이 각개격파로 나온다면 그에 맞춰 소속된 엔터사들이 함께 저항해야 한다.

　　"그런데 연예인관리협회는 거기서 실패했죠."

　　누군가 나서서 소위 말하는 총대를 메야 했다. 그래서 부당한 저항이 들어올 때 맞섰어야 했다.

　　"하긴, 연예인관리협회는 그게 좀 약하죠."

　　권력자가 한곳만 노리면 자기들이 표적이 될까 쉬쉬하면서 모른 척했다.

　　같은 소속이지만 결국 따로 노는 집단이었기에 외부에 저항하지 못한 것이다.

　　"그에 반해 엔터테인먼트조합은 이야기가 다르죠."

　　누가 공격을 하든 대룡이라는 거대 기업과 전면전을 각오해야 하는 상황.

　　설사 누군가 공격하더라도, 대룡은 자기 말을 안 듣는 놈들에게 보복을 할 힘이 있다.

실제로 대룡이 거대한 권력과 싸울 때 모른 척 등 돌린 조합원이 없는 건 아니었지만, 대부분 제대로 된 활동도 못 해 보고 망했다.

협동조합의 특성상 동일한 한 표이기 때문에 그들을 조합에서 쫓아낼 수는 없지만 방법은 많기 때문이다.

내부의 연습생이나 소속 연예인에게 이적하라고 권하거나, 피해자가 있다면 소송비용을 지원해 주는 방식으로 해당 조합원에게 피해를 줄 방법은 넘쳤다.

"그렇기는 하죠."

그렇게 엔터테인먼트조합은 똘똘 뭉쳐서 저항했고, 그 덕에 수십 년 동안 제대로 막히지 않았던 성 상납이나 협박 문제 등에서 상당 부분 자유로워질 수 있었다.

"저희가 싸우는 동안에도 사실 연예인관리협회에서 저희를 도와줄 기회는 많았습니다. 애초에 목적이 비슷했으니 도와줄 만도 했지요."

그랬지만 그들은 도와주지 않았다.

구경만 하다가 과실만 빼앗아 먹으려고 했다.

"나중에 저희가 좀 정리되고 나서야 그들은 연예인관리협회에 가입하지 않으면 불이익을 주겠다며 저희 쪽 사람들을 빼 갔고요."

엔터테인먼트조합에서는 그들을 건드리지 않았지만 그들

은 전통과 역사를 들먹이면서 가입하지 않으면 불이익을 주겠다고 압박해서 힘이 작은 엔터사들이 중복 가입하게 만들었다.

"뭐, 처음에는 저희도 싸울까 했습니다만, 그래 봤자 외부 세력에 대한 저항력만 약해질까 싶어서 그냥 뒀지요."

애초에 협동조합은 상생하겠다는 목적으로 만들어진 거다.

그랬기에 조합원이 다른 곳에 가입한다고 해서 막거나 하지도 않았다.

"알고 있습니다. 현재 연예인관리협회는 사실상 외부 압력에 저항하는 단체가 아니라 내부에서 갈취하는 이권 단체가 되었죠."

실제로 그쪽으로 넘어간 사람들에게 딱히 이권이나 혜택을 준 건 없다. 오히려 회원비라며 적잖은 돈을 받아 내고 있을 뿐이다.

"그래서 저희는 딱히 그들과 엮이려고 하지 않았습니다만."

서로 데면데면한 사이이고, 굳이 분란을 일으킬 이유도 없으니까.

"그리고 솔직히 말해서 연예인 한 명 때문에 대롱이 그들과 싸울 이유도 없고요."

그나마 자사에 속한 연예인이라면 가능성이라도 생각해 보겠지만 아예 회사 자체에서 버림받은 연예인이다.

"정의로운 일인 건 압니다만, 글쎄요."

그럴 가치가 있느냐고 묻는다면, 사업가이자 대룡엔터테인먼트를 이끌어 가는 박상규 입장에서는 아니라고 말할 수밖에 없다.

"알고 있습니다. 그래서 무조건 도와 달라는 건 아닙니다."

"그러면요?"

"세상이 바뀔 테니까요."

"네?"

"OTT 서비스가 엄청나게 커지고 있습니다. 그건 아시죠?"

"그건 그렇죠."

그리고 OTT 서비스에서 요구하는 작품의 양은 엄청나게 많다.

현실적으로 본다면 한국은 과거의 두 배 이상의 작품을 생산해야 할 정도로 엄청난 투자가 이루어지는 시장이다.

상대적으로 저렴한 가격에 질 좋은 상품을 만들어 내고, 다른 나라에 비해 정치적 올바름 여파가 작아서 그 영향도 크게 받지 않으니까.

"당장 미국만 봐도 정치적 올바름 때문에 머리가 아프죠."

정치적 올바름 때문에 백인 배우를 흑인 배우로 바꾸는데 그게 또 아일랜드계의 진저, 즉 붉은 머리들만 흑인으로 바꿔서 진저 혐오라는 말이 나오는 상황.

"하지만 한국은 아니니까요."

한국은 단일민족국가라 그런 인종차별 문제가 나올 이유

가 없다.

그렇다 보니 정치적 올바름에서 상대적으로 여유로운 것도 사실이다.

"어찌 되었건 중요한 건, OTT 서비스에서 더 많은 배우가 필요할 거라는 거죠."

"그건 알고 있습니다."

"그리고 우리는 거기에 다른 배우를 넣을 수 있다는 거고요."

노형신의 말에 박상규는 눈을 씽그렸다.

"그건 저희 업무가 아니라 제작사와 소속사의 영역입니다만?"

아무리 엔터테인먼트조합이 상생한다고 해도 무조건 다 양보하는 건 아니다.

작은 곳이든 큰 곳이든, 1인 소속사든 대령이든 같은 자리를 두고 공정하게 오디션을 보는 건 기본적으로 고정된 룰이다.

"압니다, 하하하. 오해하지 마세요. 우리 쪽에 넘어온다면 꽂아 넣겠다는 소리가 아니니까."

"그럼요?"

"한류 드라마는 한국 배우가 출연하는 거죠. 그렇다면 한국 제작 드라마는 과연 어떨까요?"

"네?"

결국 그게 그거 아닌가?

그 말을 박상규는 이해하지 못했다. 그 둘의 차이가 전혀 없었으니까.

그러나 노형진은 그 차이를 이미 생각하고 있었다.

'일을 이렇게까지 생각한 건 아니지만.'

얼마 전 미국에서 조 단위의 제작비를 들인 드라마 하나가 '폭망' 했다.

그냥 망한 정도가 아니라 '폭망' 했다.

대형 제작사에서 야심차게 수천억을 들인 드라마였다.

한 편 한 편이 거의 한국 드라마 한 시즌 제작비를 들였다고 하던가?

그런 드라마가 망했다.

"〈제왕의 역사〉라는 드라마가 망한 거 기억하시죠?"

"알죠."

"그게 왜 망했다고 생각하십니까?"

"뭐, 대놓고 말해서 다 개판이었잖습니까?"

일단 세트는 문제가 없다. 막대한 예산을 들여서 멋지게 뽑았으니까.

하지만 스토리의 문제가 심했다.

기본적으로 판타지를 바탕으로 만들어진 세계관이다.

당연히 캐릭터들에는 그 세계를 살아가는 여러 종족의 특성이 녹아들어야 한다.

"그런데 제가 주연 캐릭터를 보고 기가 막혔다니까요."

키가 작은 난쟁이 엘프에 키가 큰 드워프에 채식주의자 뱀파이어까지.

　정치적 올바름 때문에 온갖 괴상한 캐릭터가 다 들어갔다.

　더 웃긴 건 해당 작품이 원작이 있는 작품이라는 거다.

　그런데 정치적 올바름을 위해 원작의 캐릭터를 바꿔 버리면 당연히 작품이 망할 수밖에 없다.

　당장 뱀파이어는 피를 먹는 악역이고 그로 인해 다른 종족과 반목하는데, 설정이 채식주의자 뱀파이어란다.

　일단 피만 먹어야 하는 뱀파이어가 채식만 하는데 왜 안 죽는지도 의문이고, 그런 뱀파이어가 왜 반목의 대상인지도 의문이고.

　"개판 났죠, 그거."

　"카메라 워킹도 그렇고 배우들 연기력도 그렇고……."

　"맞습니다."

　배우들도 멀쩡한 사람이 없었다.

　정치적 올바름에 맞기만 하면 소설 속 이미지에 부합하는지 여부와 상관없이 무조건 썼기 때문에 발생한 문제다.

　소설상에서는 하얀 피부를 가진 가장 아름다운 엘프라고 나오는 캐릭터가 흑인으로 바뀌거나, 거대한 망치를 휘두르는 괴력의 남자 드워프를 뜬금없이 여자가 연기하거나 한 것이다.

　오죽하면 처음에 캐스팅된 주연배우가 이딴 게 무슨 드라마냐며 위약금을 내고 다급하게 손절 친 건 유명한 이야기였다.

당연히 배우의 연기력도 받쳐 주지 않는데 캐릭터의 이해 자체가 성립되지 않으니 연기 자체가 어설프고 겉도는 분위기가 만들어질 수밖에 없었고, 판타지 드라마의 특성상 격투 신도 제법 있는데 정작 그게 가능한 배우들을 배제해 버린 탓에 격투 신은 화려하기는커녕 소위 말하는 붕쯔붕쯔, 즉 칼만 좌우로 휘두르는 수준으로 어설플 수밖에 없었다.

"그거, 제작비의 10분의 1도 못 건졌을걸요."

"그것도 못 건졌죠."

더 웃긴 건, 그럼에도 불구하고 시즌 2가 크랭크인 되었다는 거다.

그도 그럴 게 제작사에서 실적과 상관없이 정치적 올바름만으로 판단하기 시작했기 때문이다.

"실제로 그러한 문제는 생각보다 심각하죠."

"흠……."

"그래서 이런 생각이 들더군요. 차라리 우리가 제작하는 게 어떨까?"

"이미 제작하는데요?"

"그게 아니라, 반대로 생각하자는 거죠."

해외 작품에 한국 배우가 출연하듯, 우리도 드라마를 만들 때 외국 배우를 데려다 쓰자.

그렇잖아도 해외에서는 지독할 정도의 정치적 올바름 때문에 만드는 작품마다 계속 망하고 있다.

'한류가 성공한 데에는 그런 이유도 없지 않아 있지.'

현대의 엔터테인먼트란 교육의 수단이 아니라 유흥의 수단이다.

그런데 어느 순간 제작자들, 특히 시나리오작가들이 그걸 하나의 교육 수단으로 인식하기 시작했고, 끊임없이 교육을 시도했다.

'그게 문제지.'

교육이라는 건 기본적으로 상대방이 나보다 아래에 있다는 인식하에 행하는 것이다.

당연히 그걸 시청자들이 모를 리가 없고, 방송에서 드라마에서 영화에서 계속해서 '너희는 아무것도 몰라. 그러니까 보고 배워.'라고 하는데 좋게 볼 리가 없다.

그에 반해 한국은 아직 그 지경까지는 아니다.

물론 슬금슬금 그러한 모습을 보여 주는 장면이 없는 건 아니지만, 한국 사람들은 수틀리면 다 뒤집는 성향이 강해서 섣불리 그런 짓을 했다가 폭망하기라도 하면 그 손해배상까지 다 물어야 하는 탓에 남의 돈으로 예술 하는 그런 짓을 하는 사람은 아직 드물었다.

"외국인을 데려와서 우리가 드라마를 만든다고요?"

"네. 해외의 제작 시스템을 활용하는 거죠."

제작은 한국에서 하지만 배우는 외국 배우로.

"드라마나 영상물은 보이는 게 전부죠."

한국의 엔터테인먼트 작품들이 한류로 인정받으며 확실히 대단한 인기를 끌고 있지만 그게 쉬운 건 아니다. 왜일까?

"한국어라는 건 명백하게 한계가 있으니까요."

한국 사람들은 영화를 볼 때 자막을 보는 걸 이상하게 생각하지 않는다.

하지만 외국인들, 특히 미국인들은 자막을 보는 걸 이상하게 생각한다.

왜냐, 그들은 미국인이니까. 영어권이니까.

"영어권이라는 것, 그 자체만으로도 엄청난 이권입니다."

미국 사람들은 그걸 인정하지 않을지도 모른다.

하지만 해외에서 미국 시장을 노리는 사람들은 안다, 이 영어권이라는 조건이 얼마나 큰지.

하물며 한국어는 세계 언어학적으로 보면 소수 언어에 들어가는 언어다.

"그러니까 우리가 생각을 바꾸는 거죠."

배우를 바꾸자. 배우는 해외에서 데려오자.

한국 배우들? 요즘 대부분의 배우들은 어느 정도 영어는 한다.

설사 아니라고 해도 성우를 사서 오디오를 입히는 건 어려운 일이 아니다.

"기술이 좋아져서 딥페이크로 입 모양을 바꾸는 건 어렵지 않죠."

한국에서 만드는, 그러나 영어권의 작품들.

"한국이 세계 콘텐츠 시장에서 우뚝 설 수 있는 기회죠."

그 말에 박상규의 눈동자가 흔들렸다.

불가능할까?

'그럴 리가 없지.'

불가능하지 않다.

원래 역사에서는 제작에 필요한 막대한 돈 때문에 불가능하거나 아주 힘든 조건이었을 거다. 하지만 과연 지금도 그럴까?

'그럴 리가 없지.'

지금은 노형진이 있다.

마이스터에서 막대한 투자를 할 테고, 연기자 섭외도 교육도 이쪽에서 진행할 거다.

"영어라는 벽과 인종이라는 벽이 사라진 한국 작품의 시장 가치가 얼마나 될까요?"

"으음……."

그 두 가지 벽이 떡하니 버티고 있는 상태에서도 심심찮게 세계 1위를 하는 한국 드라마들이 나오는 상황이다.

그 벽이 사라진다면, 과연 그 저력은 어디까지 갈까?

"영어권과 비영어권이라는 구분은 OTT 시장에서 엄청난 차이를 만들어 냅니다."

그리고 과연 그런 거대한 이권에 똥파리가 꼬이지 않을까?

"솔직히 말해서 이게 진행된다면 연예인관리협회의 이사

들이 똥파리 짓을 할 가능성이 적지 않지요."

받은 돈을 빼돌리거나 할 수도 있고, 자신들이 끼지 못한다는 걸 알면 아마도 어떻게 해서든 촬영을 막으려고 할 거다.

"그리고 그게 우리 대룡이라 해도 공격하겠네요."

"그들의 주특기니까요."

실제로 그런 일이 벌어졌을 때 이권을 차지하기 위해 이쪽 연예인들을 공격하고 차별하면서 자기네 사람들을 넣으라고 주장할 가능성이 아주 높다.

"하지만 그렇다고 전면적으로 싸우기에는 좀 복잡한데요."

"전면적으로요?"

우려 섞인 박상규의 말에 노형진은 코웃음을 쳤다.

"제가 과연 기회라도 줄 거라고 생각하십니까?"

그 말에 박상규는 자신도 모르게 고개를 끄덕거렸다.

'하긴, 노 변호사가 그렇게 호락호락한 사람이 아니지.'

저쪽에서 이빨을 드러낼까 겁먹고 협상할 거였다면 아마도 이 이야기 자체를 꺼내지 않았을 거다.

"좋습니다. 어떻게 할까요?"

"일단은 그들에게 분란을 일으키는 게 좋겠지요, 후후후."

세상은 계속 성장하고 바뀐다.

그리고 현대는 과거의 수십 배는 더 빠르게 바뀐다.

농경시대에 수백 년 걸릴 일이 수년 안에 벌어지는 게 현대다.

당연하게도 예나 지금이나 거기에 못 따라오는 사람은 있다.

이앙기가 생겼지만 끝까지 손으로 모를 심는 사람도 있고, 화학비료가 생겼지만 여전히 퇴비만 고집하는 사람도 있다.

'못 따라오는 사람이 있는데 저항하는 사람이 없겠어?'

그나마 못 따라오는 사람들은 개인적인 문제다.

신념을 지켜야 한다든가, 아니면 자신이 새로운 걸 배우기에는 늦었다고 판단했다든가.

하지만 저항하는 사람들은, 그로 인해 자신의 기득권이 사라지는 걸 두려워한다.

"저희 연예인관리협회에 가입하시겠다고요?"

상관식은 다시 한번 확인하겠다는 듯 되물었다.

"네. 가입 조건은 될 텐데요?"

"아니, 가입 조건이야 되죠."

노형진이 내민 가입 신청서.

그건 대룡엔터테인먼트 등 아직 연예인관리협회에 가입하지 않은 엔터테인먼트조합 회원사들의 신청서였다.

물론 대룡엔터테인먼트는 딱히 관심이 없었다.

사실 대룡쯤 되면 가입을 해도 그만, 안 해도 그만이기 때문이다.

하지만 노형진의 계획에 수긍하고 적극적으로 도와주기로 했다.

단순한 엔터 회사를 넘어서 전 세계적인 제작사로 일어설 수 있는 기회를 놓칠 이유는 없으니까.

"그래서 대룡엔터테인먼트가 우리 아래…… 아니, 우리 회원사가 된단 말입니까?"

"아래는 아니고, 회원사가 되려는 건 맞습니다."

"대체 왜……."

상관식은 혼란스러웠다.

엔터테인먼트조합은 연예인관리협회에는 눈엣가시다.

현실적으로 자신들이 해내지 못한 걸 해낸 곳. 그리고 자신들보다 더 많은 지원을 해 줄 수 있는 곳.

한때 엔터업에 대룡이 들어오는 건 부도덕하다고 주장한 적도 있을 정도로, 그들의 힘은 대단했다.

그랬기에 그들을 견제하려고 했고, 그들이 공격받을 때 모른 척한 적도 있었다.

"그런데 왜 우리 회원사가 되려 하는 겁니까?"

"그거야 당연한 거죠. 저희 입장에서는 더 넓은 시장, 더 큰 가능성이 있다면 그걸 위해 손잡는 걸 두려워하지 않습니다."

"더 큰 가능성?"

"영어권 드라마의 제작이라고 할 수 있죠."

노형진은 자신이 박상규에게 했던 말을 그대로 전했다.

그리고 그 말을 들은 상관식은 혼란스러워졌다.

'이건 기회다.'

엄청난 기회다.

해외에서 배우를 데려온다 해도, 결국 상당수는 한국인이 캐스팅될 거다.

'아니, 그것도 문제지만⋯⋯.'

과연 제작사들이 그 기회를 놓치려고 할까?

만일 이대로 일이 진행된다면, 대룡에서 불편한 감정을 표현하는 순간 그 소속사 사람들의 드라마 출연은 당연히 물 건너간다.

영어권 드라마뿐만 아니라 한국어 드라마 제작에서도 배제당할 수밖에 없다.

"저희는 공정을 추구합니다."

공정을 추구한다. 그건 대룡의 가치다.

'하지만 호구를 취급하지는 않지.'

노형진은 뒷말을 삼키면서 그저 미소 지었다.

"저희 대룡과, 엔터테인먼트조합의 모든 소속사들이 연예인관리협회의 회원사로 들어가기를 원합니다."

한 뭉텅이에 달하는 가입 신청서를 단호하게 내미는 노형진.

하지만 상관식은 아무런 말도 못 한 채 그걸 바라볼 수밖에 없었다.

분란의 씨앗을 뿌리다

"절대 허락할 수 없소!"

"왜 허락할 수 없다는 겁니까? 신청서에 결격사유가 없다면 받아 주는 게 우리 규칙 아닌가요?"

"그놈들이 어떤 놈들이 몰라서 그러시오?"

"대룡엔터테인먼트에서 부도덕한 짓을 한 일은 없는데요? 도리어 그들은 공정하기로 소문났습니다."

"대기업 놈들이란 말이오!"

"그런 식으로 보면 낙원엔터테인먼트도 나가야죠."

"아니, 왜 우리한테 지랄이야!"

"안 그렇습니까? 낙원엔터테인먼트도 사실은 신화그룹 계열사잖아요."

"우리는 지분만 준 거고!"

"대룡엔터테인먼트도 결국 대룡에서 지분 가지고 있는 건데 그쪽만 밀어주는 거 몰라요?"

연예인관리협회에서는 싸움이 크게 났다.

날 수밖에 없었다.

대룡과, 그간 가입하지 않았던 엔터테인먼트조합 소속사들이 대거 가입하겠다고 했다.

그런데 그 숫자가 적지 않다.

그들이 가입하면 회원사가 한 번에 20%나 늘어날 정도였다.

'젠장, 그럴 수는 없어.'

이사진은 그걸 용납할 수가 없었다.

왜냐하면, 그렇게 되면 자신들의 권력이 사라질 가능성이 높아질 테니까.

엔테터인먼트조합에서 이쪽으로 이중 가입한 놈들도 그렇고, 그렇잖아도 대룡에 이리저리 묶여 있는 곳이 한둘이 아니다.

애초에 대룡엔터테인먼트는 단순한 기획사가 아니다.

대룡에는 제작사가 있고, 그곳으로 다수의 배우들을 보내고 있다.

그리고 대룡의 제작사는 현재 한국에서 가장 잘나가는 제작사다.

연달아 작품을 터트리고, 동시에 네트웍플러스를 포함해

서 수많은 OTT 서비스에 콘텐츠를 제공하는 회사다.

당장 한국에서 가장 많은 콘텐츠를 생산하는 곳이 다름 아닌 대룡이다.

그런 놈들이 협회에 들어온다? 모두의 시선이 그쪽으로 쏠릴 수밖에 없다.

"그러면 무슨 이유로 반대하는지나 압시다."

그렇다고 해서 모든 이사들이 반대하는 건 아니었다.

권력 싸움보다는, 진짜로 제대로 된 수익 창출에 관심이 많은 사람들도 분명 있었으니까.

더군다나 노형진이 엄청나게 큰 떡밥을 던진 상황이니 그들은 혹해서 흔들릴 수밖에 없었다.

"위험해서 그래요, 위험해서."

"아니, 뭐가 위험한데요?"

'너희들 행동을 보면 위험하지, 안 위험하겠냐?'

카라스엔터의 이상조는 슬쩍 눈을 찡그렸다.

아무리 자신이 바지사장이라지만 그래도 나름 연예인관리협회의 이사급이다. 그랬기에 이 상황이 왜 위험한지 알고 있었다.

'이사급조차도 흔들릴 정도다.'

이사급 일부가 흔들릴 정도로, 노형진과 대룡엔터테인먼트에서 내민 조건은 혹할 수밖에 없는 것이었다.

벌써부터 이러는데 대룡엔터테인먼트가 들어온다면 과연

어떻게 될까?

당연히 내부에서는 대룡엔터테인먼트에 대한 충성 경쟁이 벌어질 거다.

'그럴 수는 없어.'

지난 수십 년간 그 대상은 이사들이었다.

협회장?

사실 협회장은 그냥 상황을 봐 가면서 바꿔 끼우는, 일종의 스페어였다.

이사급들이 연예인관리협회의 모든 권한을 쥐고 흔들어 왔기 때문이다.

그런 권력에 도전할 수 있는 존재의 등장은 그들로서는 절대로 용납할 수 없는 일이었다.

당연하게도 권력을 쥔 자들은 결사적으로 그들의 가입을 반대할 수밖에 없었다.

"그놈들이 무슨 음험한 짓을 하려고 가입하려는 건지 알고 받아 줍니까?"

"음험? 무슨 음험요? 애초에 지금 우리 연예인관리협회에서 음험한 짓을 한다 한들 무슨 이득이 있다고요?"

"그거야……."

이상조는 말을 하려다가 입을 다물었다.

'썅. 솔직하게 말할 수도 없고.'

소안의 변호사가 새론이라고, 그리고 노형진이라고 말할

수는 없었다.

아니, 그렇게 말해 봐야 돌아올 말은 뻔하다.

개인적인 사정으로 인해 조직에 피해 주지 마라.

실제로 그게 틀린 말은 아니다.

소안과의 소송은 카라스엔터의 문제이지 연예인관리협회의 문제가 아니니까.

그리고 바로 그 부분이 노형진이 노리는 것이었다.

"일단 이건 다음에 이야기하죠."

이대로는 회의가 진행되지 않는다고 생각한 상관식은 일단 이 논의를 멈추기로 했다.

그러지 않으면 진짜로 몇 날 며칠을 붙잡고 있어도 제자리걸음일 테니까.

"그, 카라스엔터에서 소안에 대한 활동 금지를 요청하셨는데 그 상벌위원회는 어떻게 할까요? 일단 상벌위원회를 열기 전에 소환을 한 번 해야 할 텐데요."

"그거 말입니다, 솔직히 해야 합니까?"

그리고 카라스엔터가 가장 짜증 낼 말이 결국 나오고야 말았다.

"그게 무슨 소리요?"

"아니, 그렇지 않습니까? 선 넘은 건 애초에 카라스 쪽이고, 재판도 카라스가 졌잖아요."

"아니, 우리가 뭘 잘못했다고! 상도의를 어긴 건 소안 그년이라고!"

결국 욱해서 반말로 소리를 지르는 이상조.

그러나 그런 그의 말에 다른 회사의 사람들은 짜증스럽게 대꾸했다.

"아니, 상도의를 어긴 건 그쪽이지. 상식적으로 그렇잖아요. 적당히 해 먹는 거야 이해한다지만 가스가 끊어질 때까지 방치한 건 좀 너무한 거 아닌가?"

"내 말이."

얼마 전까지만 해도 하나같이 소안이 상도의가 없다고, 업계에서 퇴출시켜야 한다고 목소리를 높이던 사람들이었다.

그런데 그런 사람들이 갑자기 돌변해서 하는 말에 이상조는 기가 막혔다.

"뭐요?"

"아니, 그 애들 용돈이라도 좀 주지 그랬어요."

"맞아요. 그랬으면 이 지경은 안 됐을 텐데."

"그게 말이 된다고 생각합니까? 우리가 손실이 얼만데!"

"법원에서 판결 난 게 있는데 무슨."

"그 새끼들이 우리 손실을 언제 신경이나 썼습니까? 안 그래요?"

"그거야 그렇지만……."

법원에서는 나름 합리적인 판단을 한 것이지만, 이들은 하나같이 연예인에게서 어떻게 뜯어먹을까 고민하는 족속들.

이것이 힙이다

그러니 법원의 판결이 부당하다는 것이 공통된 의견이기는 했다.

진짜로 부당한 게 아니라, 뜯어먹어야 하는 대상이 반기를 든 것에 대한 반감에 가깝지만.

"그런 년을 가만두면 우리가 어떻게 될 것 같습니까? 계약하는 족족 여차하면 우리한테 이빨을 들이밀 거 아닙니까!"

"으음……."

"그러니 우리의 힘을 보여 줘야 합니다. 그놈들이 뭐라고 하든 우리는 압살할 수 있다고! 우리가 법 위에 있다고! 그러니까 우리에게 까불지 말라고."

사실 마지막 말이 핵심이었다.

우리가 법 위에 있다. 그걸 연예인들에게 확실하게 못 박아 두지 못하면 나중에 연예인들이 반기를 들 가능성은 무시 못 한다.

"확실히 그건 그런데……."

그럼에도 불구하고 다른 이사들은 전처럼 공격적으로 의견을 제시하지 못했다.

그럴 수밖에 없는 게, 그냥 무시하기에는 너무 큰 이권을 들었기 때문이다.

그리고 방금 전까지만 해도 대룡엔터테인먼트와 그들 파벌의 가입 여부에 관해 치열하게 싸운 후였다.

갑자기 얼굴을 바꿔서 무조건 카라스엔터 편을 들어 주기에는 너무 기분이 상한 상황이었다.

그렇기에 그들은 결국 나름 중립을 지킬 수밖에 없었다.

"일단은 소안을 불러서 의견을 듣는 걸로 하죠."

"상벌위원회 이전에 말입니까?"

보통 상벌위원회가 열리고 소명하도록 한다.

그런데 그 전에 먼저 이야기를 들어 보겠다니, 특혜도 이런 특혜가 없다.

"뭐, 싸우는 것보다는 화해의 수단을 찾는 게 좋지 않겠습니까?"

그 말에 이상조는 속으로 이를 뿌드득 갈았다.

⚖

"허, 그렇게 말했단 말이지."

"네, 회장님."

이상조에게 회장이라 불린 남자, 백기악은 회의 내용을 모두 듣고 중얼거렸다.

"이것들이 간땡이가 부었군."

하지만 백기악은 딱히 화를 내지도, 그렇다고 흥분하지도 않았다.

그저 조용히 찻잔에 차를 따르며 웃을 뿐이었다.

"회장님, 이놈들이 우리를 만만하게 보는 것 같습니다."

"그럴 만도 하지. 내가 전면에 나선 지 좀 되었지?"

"그거야……."

"멍청하긴."

백기악은 전면에 나서는 걸 별로 좋아하지 않는다.

정확하게는, 지난번 계획이 실패하면서 방송국에서 그를 싫어하게 된 것이 문제였다.

그래서 굳이 바지를 내세워서 엔터테인먼트를 운영하는 거다.

"이사 놈들이 내가 이빨 빠진 호랑이라고 생각하는 모양이군."

"시간이 꽤 지났으니까요."

백기악이 이런 장난을 친 건 한두 번이 아니다.

하지만 그때마다 대부분 어렵지 않게 이겨 왔기에 그가 전면에 나서서 싸운 적은 없었다.

"이번에는 운이 안 좋았습니다."

"그건 그렇지."

만일 소안이 선임한 변호사가 새론이 아니었다면, 그리고 고연미가 아니었다면 지는 건 자신이 아닌 소안이었을 거다.

평소대로라면 적당하게 돈 좀 쥐여 주고 반반한 년을 품에 안겨 주기만 해도 판사는 자신들을 위해 기꺼이 소안의 인생을 조져 났을 것이다.

하지만 이번 상대는 새론이었고, 그 짓을 했다가 새론에 걸려 인생 종 친 판사가 워낙 많다 보니 이번에는 판사도 꿈

쩍하지 않고 철저히 중립을 지켰다.

더군다나 고연미는 한때 걸 그룹 출신으로 이 바닥에 대해 너무 잘 알고 있는 년이라, 어떻게 해서든 숨기려 했던 약점을 집요하게 물고 늘어졌다.

"2심은 아직 진행 중이지?"

"네."

"그런데 다른 년들은?"

"아직 눈치를 보고 있습니다만, 소안을 따라 나가려는 기색입니다."

"멍청한 년들."

엔디아에서 소안을 제외해도 나름 팬덤이 있다.

그러니 적당히 지내기만 해도 인기를 끌 수 있는데 멤버들이 모두 나가려고 한다는 말에 백기악은 기분이 나빠졌다.

"좋아. 그러면 이렇게 하지."

"어떻게 할까요?"

"소안이 그 진술인지 뭔지 하는 건 막을 수가 없겠지."

킬러를 보내서 죽이는 게 아니고서야 그건 불가능하다.

"그러니 내가 오랜만에 전화 한 통 해야겠어."

그는 웃으며 핸드폰을 들었다.

그러자 그걸 본 이상조는 고개를 숙여 인사하고는 사무실에서 나갔다.

"오, 박 이사님. 잘 지내셨소? 나? 허허허, 뭐 별일이야 있었겠습니까? 다름이 아니라 내 긴히 부탁할 게 있는데 말이오."

문밖으로 새어 나오는 그의 통화 소리를 들으며 이상조는 미소를 지었다.

"멍청한 이사들. 자기들이 무슨 권력이라도 쥔 줄 아나 본데……."

그는 안다. 진정한 권력을 쥔 자는 그렇게 화를 내지도, 흥분하지도 않는다는 걸.

"결국 굴복할 거야. 그놈들도, 새론도."

이상조는 확신하고 있었다.

연예인관리협회 내부에 폭탄을 뿌린 노형진은 한창 자신의 일을 하고 있었다.

물론 사건에 아예 신경을 쓰지 않는 건 아니었다. 어차피 사건은 계속 진행될 테니까.

그랬기에 그는 고문학과 고연미 변호사에게 한 가지 부탁을 했다. 엔터 업계에 변동 사항이 생기면 바로 알려 달라고.

그리고 고연미는 정보가 들어오자마자 노형진에게 다급하게 달려왔다.

"노 변호사님!"

"아, 고 변호사님, 어쩐 일이십니까? 지금 그 소안 씨 재판

관련 답변서 준비하는 중 아니셨나요?"

"아, 변동 사항이 있어요."

"어떤 건가요?"

"그, JJ미디어에서 출연진 중 일부를 바꿨어요."

"JJ미디어?"

"네! 드라마 제작사예요. 이번에 들어가는 작품 중에 〈월
담야〉라는 작품이 있거든요? 그런데 갑자기 조연급 오디션
을 하겠다는 발표가 나왔어요."

노형진은 고개를 갸웃했다.

"그게 특별한 일은 아니지 않습니까?"

연예계에서 오디션은 생각보다 흔하다. 아니, 거의 필수적
으로 이루어지는 부분도 있다.

가령 진짜 내정자가 있다 해도 외부적인 시선 때문에 오디
션을 하는 경우도 많다.

그러면 안 되기는 하지만 오디션 자체가 홍보적인 성격을
가지는 경우도 많아서 어쩔 수 없이 그런 일이 벌어지곤 한다.

"네, 그런데 말이죠, 원래 이거 내정자가 있었어요."

"그것도 뭐 딱히 이상한 건 아니잖습니까?"

홍보 차원에서 오디션을 한다면 그다지 이상할 것도 없다.

"알아요. 그런데 보니까 이 사실을 배우는 전혀 몰랐던 눈
치예요."

"네?"

"당혹감을 감추지 못한달까요?"

노형진은 그 말에 턱을 만지작거리면서 고민하다가 자리를 권했다.

"도대체 이번 일과 JJ미디어가 무슨 관련이 있는지 모르겠군요."

"내정되어 있던 배우의 소속사가 내부적으로 이상조, 아니 백기악에게 반발한 모양이에요."

"제가 던진 미끼를 물었다는 거군요."

그런 일이 벌어지기를 원하면서 던진 미끼였는데, 진짜로 문 놈이 있었던 것.

그리고 바로 보복이 들어왔다는 것이다.

"그게 확실합니까?"

"네."

"그걸 어떻게 아신 겁니까?"

"저도 여기저기 전화를 돌려 났죠. 거기 부장님이 옛날에 저희 로드 하시던 분이라서요."

"아하!"

고연미는 변호사가 되었다지만 다른 멤버들은 여전히 연예계에서 활동하고 있으니 당연히 서로 연락을 주고받을 거다.

"물론 다 아시는 건 아니에요. 가수 쪽 담당이거든요."

"그런데 드라마 쪽 이야기를 들었다고요?"

"네, 오밤중에 드라마 팀 전부 출근하고, 난리도 아니었대요."

확실히 그 정도면 뭔가 일이 단단히 틀어진 거다.

"더 자세한 내용은 혹시 없나요?"

"팀이 다르면 업무를 그다지 공유하지는 않으니까요. 담배랑 커피로 주워 들은 정도가 끝이죠. 하지만 그래도 한 가지는 확실하대요."

사실상 내정이었다. 별문제도 없었고, 감독도 작가도 콜한 상황.

그런데 갑자기 오디션으로 바뀌었다고.

"그, 외부 시선을 인식한 오디션이 아닌 건 확실한가요?"

"보통 그러면 미리 언질을 주거든요."

그러지 않으면 나중에 분란이 생길 수도 있기 때문이다.

그래서 보통은 '오디션을 진행하는데 홍보 목적이다.'라고 말해 주기 때문에 그냥 거기에 맞춰서 출연하는 경우도 많다고.

"그런데 이번에는 그런 거 없이 그냥 오디션 일정만 공식 메일로 날아왔대요."

"그런 경우가 드문가요?"

"아예 없죠. 솔직히 아시잖아요. 이게 목적이야 어떻든 간에 좋은 일은 아닌 거."

"하긴, 그렇죠."

내정지가 있는 오디션이면 다른 사람들은 들러리일 뿐이다.

조연 자리 하나에도 목매는 배우들에게 그건 일종의 속임수이자 사기다.

떨어질 걸 알면서도 가는 사람이 얼마나 비참하겠는가?

"그래서 이런 경우는 무조건 미리 은밀하게 전달해요."

전화를 하든 아니면 직접 만나서 말하든 말이다.

"그런데 그런 게 없으니까 난리가 났겠지요."

"그렇군요. 혹시 실수로 알리지 않은 거 아닐까요?"

"그랬으면 아직도 그 난리 상황일 리가 없죠."

"흠."

노형진은 턱을 만지작거리면서 생각에 빠졌다.

'하긴, 그것도 그러네.'

확실히 실수로 누락된 거라면 그냥 전화 한 통이면 해결될 문제다.

실수로 누락되었다고, 걱정하지 말라고.

"밤에 죄다 출근하게 했다는 거죠?"

"네."

"그러면 최소한 열네 시간은 지났다는 거네요?"

"그렇죠."

"이 시간까지 해명을 하지 않았다면 확실히 실수는 아니라는 건데."

노형진은 그렇게 말하면서 JJ미디어를 찾아봤다.

"드라마 제작사가…… 4년 되었고, 나름 자리를 잡기는 했네요."

"네."

"이 난리가 난 걸 보면 오디션 배우가 주연급인가 보군요."

"아마도요. 그곳에 속한 주연급 배우가 한둘이 아니라서 누군지는 모르겠지만요."

"그러면 이건…… JJ미디어의 결정이 아니겠네요."

"네?"

노형진의 말에 고연미는 깜짝 놀랐다.

이 사달을 만든 건 분명 JJ미디어다. 그런데 그들의 결정이 아니라니?

"하지만 JJ미디어가 선빵 친 거 맞는데요?"

"선빵을 친 건 맞죠. 하지만 JJ미디어에 딱히 성공한 작품은 없네요. 힘이 있어 보이지도 않고."

물론 모든 작품이 다 폭망 한 곳은 아니다.

적당히 중간급 작품들을 일 년에 한두 개 정도 내보내는 그런 곳이었다.

"아주 흥하지는 못했지만 아주 망하지도 않은, 딱 중간급의 규모네요."

"그건 맞아요. 저도 잘 모르기는 하지만."

아무래도 변호사로서 그 업계에 대해 아는 데에는 한계가 있다.

더군다나 JJ미디어 같은 경우는 그녀가 변호사가 된 후에 생긴 조직.

"그래서 그들의 선택이 아니라는 겁니다."

"어째서요?"

"주연급일 거라고 하셨잖습니까?"

"그랬죠. 조연급 때문에 오밤중에 이렇게 회의하지는 않을 거예요."

사실 조연급이 갑자기 바뀌는 건 생각보다 흔하게 있는 일이기에 나중에 항의는 좀 해도 밤중에 관련자들이 긴급 출근할 정도의 일은 아니다.

"하지만 이런 규모의 회사가 주연급 배우를 이런 식으로 도발할 리는 없죠."

"하긴, 그건 그래요."

더군다나 감독도 작가도, 이미 해당 배우의 출연에 관해 콜을 한 상황이라고 했으니……

"제가 연예계 바닥을 아주 잘 아는 건 아니지만 감독과 작가의 입김이 엄청 센 건 알고 있습니다. 그들의 의견을 무시하고 이런 사태를 터트리기는 힘들죠."

"그건 그렇죠."

"그리고……"

노형진은 〈월담야〉를 인터넷에서 검색해 보았다.

드라마 제작이 확정되어 배우까지 캐스팅했을 정도라면 최소한의 정보는 인터넷에 있을 거라 생각했기 때문이다.

아니나 다를까, 인터넷에는 정보가 있었다.

"〈월담야〉가 시아민 작가님의 작품이군요."

"아, 그래요? 저도 그건 안 물어봐서."

"그래서 말이 안 된다고 생각합니다."

시아민은 이제 입봉하는 작가가 아니다. 지금까지 총 세 개의 작품을 냈다. 그리고 이번이 네 번째 작품이다.

"그런데 첫 번째 작품만 빼고는 나름 준수한 성적을 냈단 말이죠."

첫 번째 작품은 아무래도 입봉이고 경험이 부족해서 밀린 걸 수도 있다.

아니면 감독과 작가의 파워 게임에서 감독이 이기면서 이야기가 흐트러졌을 수도 있고.

"하지만 그 후에 나온 작품들은 거의 흥행에 성공했단 말이죠."

글로벌 흥행까지는 아니지만 그래도 한국 내에서는 나름 성공한 작품들이다.

티어로 따지면 한국 내에서는 1.5티어쯤 되는 작가다.

"그런데 이런 작가들의 권력이 엄청 강하지 않습니까?"

"그야 그렇죠."

그런 작가가 이미 마음에 들어서 콜한 배우를 갑자기 제치고 오디션을 한다?

"물론 작가가 바꿔 달라고 했을 수도 있지만, 그랬다면 굳이 오디션을 보러 오라고 통지도 하지 않았겠지요."

감독도 입봉 감독이 아니었다. 나름 드라마판에서는 경력을 가진 사람이다.

"아마도 더 높은 곳에서 압력이 들어왔을 겁니다."

"누구요? JJ미디어요?"

"그럴 리가요."

JJ미디어가 실적이 없는 건 아니지만 급으로 보면 사실 시아민 작가가 더 높다.

"그런데 압박했다면, 사실 하나뿐이죠."

"누구요?"

"투자사."

"아······."

업계에서 가장 강한 힘을 가진 건 제작사도, 배우도, 감독도, 작가도 아니다. 바로 투자자다.

"하지만 그들이 어떤 식으로 압박했는지는 알 수가 없을 텐데요?"

"그거야 작가에게 물어보면 될 일 아니겠습니까?"

JJ미디어에 물어본다 한들 당연히 그들이 대답할 리가 없다.

"하지만 작가는 아니죠."

아마 지금쯤 작가는 자신이 모욕당했다고 생각하고 있을 것이다.

더군다나 드라마판은 작가 놀음이라는 말이 있다.

좋은 작가는 어중간한 압력으로 활동을 막을 수도 없다. 돈이 되니까.

"과연 작가님께서 뭐라고 할지 궁금하지 않습니까?"

⚖️

"미안한데, 내가 원한 게 아니에요."

노형진은 시아민을 찾아갔다.

그리고 시아민은 그의 방문을 거절하지 않았다.

작가로서 연차가 있는 만큼 노형진이 어떤 존재인지 잘 알고 있기 때문이다.

"알고 있습니다. 하지만 고작 JJ미디어 따위가 작가님의 심기를 건드린 게 이해가 안 가서 찾아온 겁니다."

노형진은 슬쩍 시아민을 위로 올려 주면서 이야기했다.

그리고 그게 반쯤은 사실이었다. 시아민 작가의 신작을 가지고 오기 위해 JJ미디어가 공을 많이 들인 건 사실이니까.

'역시 시아민 작가는 뭔가 화가 난 상황이야.'

그의 집무실 안.

평소에는 당연히 있을 보조 작가가 없었다.

드라마가 코앞이고 한창 대본 작업을 해야 하는 이 시점에 보조 작가조차 없다? 그건 말이 안 된다.

'이 시기가 가장 바쁠 시기니까.'

그럼에도 불구하고 사무실 어디에도 일을 하던 흔적은 없었다.

"JJ미디어 측에서는 아무 말도 하지 않던가요?"

"뭐, 일단 저희 입장에서는 그들과 접촉하는 건 조심해야 하는 상황이라서요."

"망할 놈들. 일을 저질러 놓고 자기들만 쏙 빠지다니. 내 다시는 JJ미디어 놈들이랑 일하지 않겠어요."

시아민 작가는 예상대로 단단히 화가 난 것 같았다.

'그리고 JJ미디어가 아무리 힘쓴다고 해도 작가의 입을 막을 수는 없지.'

좋은 작품을 가진 작가는 그 자체가 권력자다.

그런 작가에게 '입 다물어 주세요.'라고 말하는 건 그냥 작가한테 '너랑 다시는 일 안 한다.'라고 말하는 것과 마찬가지다.

"도대체 일이 왜 갑자기 이렇게 된 건지 혹시 아십니까?"

"JJ미디어에서는 이렇게 말하더군요. 공정성을 위해 어쩔 수 없이 오디션을 본다고. 그게 말이에요, 방구예요? 그게 어딜 봐서 공정성이에요? 애초에 그 배역은 그 배우를 상정하고 쓴 거라고요!"

심지어 작업에 들어가면서 혹시 그 시기에 다른 스케줄이 잡혀 있지는 않은지 확인까지 해 가면서 잡은 배우다.

"그런데 공정성? 웃기고 있어."

배역을 제작사에서 정하는 건 불법도 아니고 부정한 것도 아니다. 세상의 모든 것을 다 경쟁으로 해결할 수는 없으니까.

만일 작가가 '이 사람이다.'라고 점찍은 배우가 있다면 그 사람이 배역을 맡는 게 당연한 거다. 다만 공정하게 오디션을 한다고 하고 내정자를 들이미는 게 나쁠 뿐이지.

"그래서 달리 내정자가 있다고 하던가요?"

종종 이런 경우가 아예 없는 건 아니다.

강력한 내정자가 따로 생기는 경우.

투자사에서 요구하는 걸 제작사가 못 이기는 경우.

"차라리 그러면 이해라도 하죠."

시아민은 바보가 아니다. 벌써 네 번째 작품을 하는 작가이자 그 이전에도 보조 작가로 다른 작가 아래에서 이 바닥에 대해 배웠다.

작품도 중요하지만 그보다 더 중요한 게 돈이기에, 당연히 제작사에서 그런 요구를 해 오면 이쪽도 어느 정도 숙일 생각은 있었다.

"그런데 그런 것도 없대요. 말이 돼요? 아니, 누구 놀리나? 공정? 지금 이거 저 엿 먹이는 것 같다고요, 그냥."

그도 그럴 거다.

작가가 요구한 배우를 뜬금없이 배제하고는 이유조차 대지 않고 있으니까.

"마치 그 배우만 아니면 된다는 식으로 굴어요."

'그렇겠지.'

실제로 지금 그걸 노리는 걸 거다.

투자사를 배경으로 두고 힘을 발휘해서 너희 배우가 활동하지 못하게 할 거라는 압박.

투자사가 누군지는 모르지만 확실한 건, 그게 먹히는 존재라는 거다.

지금이야 내정 단계니까 좀 혼란스러운 거지, 내정도 아닌 단계에서는 어떤 투자사에 찍혀 있다는 것만으로도 그 배우는 커리어가 끝났다고 봐야 한다.

"그렇군요."

노형진은 조용히 고개를 끄덕거렸다.

이미 예상한 일이었다. 하지만 마지막으로 확인할 게 있다.

'과연 어떤 놈일까?'

물론 해당 작품에 투자한 곳을 알아내는 건 어려운 일이 아니다. 하지만 한 작품의 투자를 한 곳에서 도맡는 것은 결코 흔한 일이 아니다.

계란은 한 바구니에 담지 마라. 투자계의 오랜 격언이다.

투자한 게 대박 나면 엄청나게 벌겠지만 실패하는 순간 손실도 엄청나게 커진다.

그렇기에 모든 투자는 분산되어 이루어진다.

'과연 누가 이런 압박을 가한 것인가.'

노형진은 그게 궁금했다. 그리고 그의 질문에 시아민은 짜증을 가득 담은 목소리로 말했다.

"네트웍플러스요."

"네?"

그의 대답은 전혀, 조금도 예상하지 못한 것이었다.

"네트웍플러스 말입니까?"

"네."

"그곳이 투자했다고요?"

"한국 방영 후에 네트웍플러스에 들어가는 조건으로 투자받았어요."

'그거야 흔한 일이긴 한데…….'

노형진조차도 이번만큼은 당황할 수밖에 없었다.

네트웍플러스는 노형진이 믿고 있는 대상이자 동시에 가장 많이 투자한 대상이다.

그런데 그 네트웍플러스에서 이런 압박을 가했다고?

'말이 안 되는데?'

말이 안 된다.

네트웍플러스에서 이런 짓을 할 이유가 없다.

애초에 네트웍플러스의 온라인 역사가 20년이 안 된다.

20년 전 네트웍플러스는 미국의 수많은 비디오 대여점 중하나였을 뿐이다.

'우연일까? 그럴 리가 없는데.'

백기악이 사고를 치는 등 이런저런 짓거리를 한 게 20년전이다. 네트웍플러스와는 접점이 없는 것이다.

'그러면 가능성은 하나뿐이군.'

네트웍플러스는 이 상황을 모를 거다. 하지만 네트웍플러스 코리아라면?

네트웍플러스의 한국 진출에 노형진은 큰 도움을 줬다.

당연하다. 대주주니까.

그랬기에 네트웍플러스에서 엔터 업계의 큰손들을 받아들였다는 걸 알고 있다.

그중 누군가라면 충분히 이런 짓거리를 하고도 남는다.

엔터테인먼트 업계의 큰손이라는 게 선량하다는 의미는 아니니까.

"네트웍플러스라고요……."

'이러면 도리어 일이 편해지지.'

생각을 정리하고 보니 오히려 잘된 셈이었다.

아예 제3의 기업이라면 자신이 싸우기가 애매하다. 하지만 네트웍플러스라면?

"그러면 저희한테 의뢰를 하시는 게 어떨까요?"

노형진의 머릿속에서 새로운 계획이 차근차근 생겨나기 시작했다.

"기왕 이렇게 된 거, 계약 해지 소송을 하시죠."

그 안에 누가 있든, 노형진은 그 작자를 가만둘 생각이 없었다.

다음 권으로 이어집니다

꿈의 도약, 로크에서 하십시오
(주)로크미디어에서 신인 작가를 모십니다

즐거운 세상, 로크미디어는 꿈을 사랑하고 도전을 두려워하지 않는 작가 분들의 참신한 작품을 기다리고 있습니다. 21세기 장르 문학계를 이끌어 갈 차세대 선두 주자 (주)로크미디어에서 여러분의 나래를 활짝 펴 보시길 바랍니다.

모집 분야 판타지와 무협을 포함한 장르 문학
모집 대상 아마추어 작가, 인터넷 작가
모집 기한 수시 모집
  작품 접수 시 유의 사항
    1. 파일명은 작가명_작품명.hwp형식을 갖춰 주십시오.
    1. 파일에 들어갈 내용은 다음과 같습니다.
      ─ 성명(필명인 경우 실명을 밝혀 주세요), 연락처, 이메일 주소
      ─ 제목, 기획 의도
      ─ A4용지 1장 분량의 등장인물 소개
      ─ A4용지 2장 분량의 전체 줄거리
      ─ 본문
    1. 작품이 인터넷에 연재되고 있다면, 게시판명과 사이트의 구체적이고 정확한 주소를 기재해 주십시오.

선택된 작품은 정식 계약 후 출판물로 간행되어 전국 서점에 유통됩니다.
작가 분은 (주)로크미디어의 전폭적인 지원하에 전속 작가로 활동하시게 됩니다.
※ 자세한 내용은 로크미디어 홈페이지(rokmedia.com)를 참조하세요.

(04167)서울시 마포구 마포대로 45 일진빌딩 6층
(주)로크미디어 편집부 신간 기획 담당자 앞
전화 : 02) 3273-5135
www.rokmedia.com   이메일 : rokmedia@empas.com